奔跑吧姐妹

Running sisters

女性励志美文集萃

何青志◎主编

红旗出版社

红旗出版社
HONGQI PRESS
推动进步的力量

图书在版编目（CIP）数据

奔跑吧，姐妹 / 何青志主编.
—北京：红旗出版社，2018.12
ISBN 978-7-5051-4800-0
Ⅰ.①奔… Ⅱ.①何… Ⅲ.①散文集—中国—当代
Ⅳ.①I267
中国版本图书馆CIP数据核字(2018)第239294号

书　名	奔跑吧，姐妹		
主　编	何青志		
出品人	唐中祥	特约编辑	刘德荣
总监制	李仁国	责任编辑	赵智熙
插　图	王　燕	装帧设计	赵志军
出版发行	红旗出版社	地　址	北京市沙滩北街2号
邮　编	100727	编辑部	010-57274504
E-mail	hongqi1608@126.com	发行部	010-57270296
印　刷	大厂回族自治县德诚印务有限公司		
开　本	710毫米×1000毫米	1/16	
字　数	250千字	印　张	16.5
版　次	2018年12月北京第1版	2018年12月河北第1次印刷	
ISBN	978-7-5051-4800-0	定　价	56.00元

欢迎品牌畅销图书项目合作　　联系电话：010-57274627
凡购本书，如有缺页、倒页、脱页，本社发行部负责调换。

本书编委会

主　　编

何青志　文学博士，原吉林省社会科学院文学研究所所长；中国作家协会会员、中国当代文学学会理事、世界华文文学学会理事，国家哲学社会科学规划基金项目通讯评审专家；发表《王肯与沃土的美学》等学术论文50多篇，主编《走近吉林文学》等作品，专著《东北当代小说研究》获第九届中国当代文学研究优秀成果奖

执行主编

刘德荣　全国“书香三八”读书活动编辑部主任

委　　员（以姓氏笔画为序）

王薇华　博士，清华大学心理专家，MBA客座教授，全球首席幸福力导师，超级演说家总院副院长，央视《读书》栏目特邀嘉宾

文雪梅　中国散文学会会员、陕西省作家协会会员，陕西省陇县作家协会副主席，荣获第八届冰心散文奖

尹　慧　哈尔滨市作家协会会员、哈尔滨市作家协会儿童文学创作部副主任、鲁迅文学院学员、《家报》情感专栏作家

宁　雨　本名郭文岭，《当代人》杂志主编，中国作家协会会员，河北省散文学会副会长，荣获第27届孙犁散文奖

米　心　原名张永娟，中国散文学会会员、北京市海淀区作家协会会员

许　放　中国诗歌学会会员、中华诗词学会会员、黑龙江省作家协会会员、黑龙江省诗词协会会员、大兴安岭作家协会会员

孙昱莹　中国作家协会会员、长春市作家协会理事，吉林省文联干部，鲁迅文学院学员

李　菁　湖南省作家协会会员

李子燕 中国作家协会会员，吉林省榆树市作家协会主席、吉林省残疾人作家协会主席，鲁迅文学院学员

杨泉珍 湖南省常德市作家协会会员，萧红文学院作家班学员

邹安音 中国散文学会会员、中国报告文学学会会员、四川省作家协会会员，鲁院西南第五届青年作家班学员，荣获第八届冰心散文奖

辛 茜 中国作家协会会员、中国散文学会理事，鲁迅文学院中青年作家高研班学员

沈 燕 中国散文学会会员、中国铁路作家协会会员、安徽省作家协会会员、上海铁路局作家协会理事，黄山市屯溪区作家协会副主席

宋庆莲 中国作家协会会员、湖南省作家协会会员，临澧县文联副主席，鲁迅文学院学员、毛泽东文学院学员

张昱煜 江西省作家协会会员，吉安市作家协会副主席，鲁迅文学院国土资源文学创作班学员

季 纯 本名韩雪梅，中国散文学会会员、陕西省作家协会会员，宝鸡市陈仓区作家协会秘书长

郑能新 中国作家协会会员、湖北作家协会全委委员，黄冈市文联副主席、黄冈市作家协会副主席

赵 钰 中国散文学会会员、中国少数民族作家协会会员、云南省作家协会会员、云南省报告文学学会会员，鲁迅文学院少数民族作家班学员

姜 华 中国作家协会会员，中国金融作家协会副主席

姜皓雪 文学硕士，中国语言文学专业讲师

党莉岩 国家高级人力资源管理师，全国“书香三八”读书活动书香天使

喻贵南 中国诗歌学会会员、长沙市作家协会会员

睢 雪 吉林省作家协会会员、长春市作家协会会员，吉林省妇联调研员

魏世英 兰州市作家协会会员、中国石油兰州石化公司文学社理事

序言

Preface

本书是一本女性励志美文集萃，由20多位作家专门为全国第七届“书香三八”读书活动创作的活动用书。书中所描写的姐妹们，在逐梦路上奔跑，她们那拼搏奋斗的英姿成为新时代美丽的剪影。

指路的灯、黎明的光、美丽的骨、虚掩的窗、转角的风、上坡的石、不哭的苇、七彩的虹，细读每一个篇章，一个个激情豪迈的励志故事，催人奋进，感人泪下。故事中的主人公，那种永不言弃的执着，那种不达目的不罢休的韧劲，那种不相信眼泪的坚强，芬芳了女性的逐梦之路，也芬芳了我们的心灵花园。

指路的灯，是文中姐妹们用梦想点燃的。梦想是激励人奋进的动力，是指引人前行的灯塔。《奔跑》一文，塑造了一个与时间赛跑、与青春赛跑、与速度赛跑的主人公形象，她只争朝夕的冲劲体现了力争上游的豪气，令人钦佩。《走出茅草屋》一文，写一个从乡村黑土地走出的女子，沿着属于自己的跑道一刻不停地奋斗，那种翻山越岭乐此不疲的精神给予我们不尽的力量。

听从梦想的召唤，开启人生航船，乘风破浪，驶向远方！

黎明的光，影印了那些晨星一样的女性，坚守属于自己的一隅，哪怕风霜雨雪轮番侵扰，初心不改。读《梅子的黎明》和《折翼的天使》两篇文章，让我的心情久久地驻扎在吸引人的故事情节里。《梅子的黎明》，文中那一盘活色生香的炒尖椒干豆腐，折射出孝悌与担当的光芒，辉映着梅子的前路；《折翼的天使》一文中的主人公，堪称新时代高位截瘫的张海迪，面对厄运，她所表现出来的乐观、豁达和顽强，虽坐轮椅但矢志不渝，令我心疼得落泪。

不在梦想中跌落，就在梦想中起飞。用梦想编织的翅膀，一旦起飞，必将穿越黑夜，迎来黎明的曙光。

转角的风，描写女性在坎坷的前路中坚守初心。一篇《静美的微笑》，带我走近一位经历三次“艺术大考”的女画家，她是在唐山大地震中死里逃生的坚毅女人，一份执着坚守，穿越人生风雨，总会在命运的转角处邂逅美丽的风景。

机遇总是青睐有准备的人。谁在出发前做好准备，谁在进取中百折不挠，谁就能抓住机遇，打造七彩人生。

上坡的石，那是比攀登玉山还珍贵的人生跋涉。本篇章所描述的姐妹们，哪怕身处人生的低谷也毫无惧色，颇具“咬定青山不放松”的气概。《走着走着花就开了》文中主人公说:“命运从来不同情弱者，它不会因为你的怯懦而改变对你的态度。”《心中最美的那朵花》文中主人公将最好的年华奉献给了大豆科研事业，每一次苦心钻研，靠的是自信和勇气。她“推石上坡”，从不懈怠，因为她知道，希望之光总是在负重托举的最高处，静候成功者的到来。

……

巾帼心向党，建功新时代。本书讴歌了这些卓而不群的新时代女性，她们奋勇争先、岗位建功，拼搏进取、人生出彩，她们以奔跑的速度丈量人生里程，她们以满腔的热情创造幸福美好生活，她们以梦想的彩笔书写新时代的巾帼“奋斗志”！

亲爱的女性朋友们，每个人都有人生出彩和梦想成真的机会，奔跑吧，姐妹。

何青志
2018 年 11 月

目录

catalogue

指路的灯

黎明的光

美丽的骨

虚掩的窗

目录

catalogue

转角的风

上坡的石

不哭的苇

七彩的虹

指路的灯

逐梦的灯盏亮着，再黑的夜也有知路的底气。

《春暖花开》（油画）
代胜楠 | 中国重汽集团销售部
三等奖

奔　跑

■米心

夜半 11 点，我结束聚会乘坐地铁到西二旗站，上下眼皮已经在打架，身体也自然调整到了放松的状态。

列车就要进站了，这让我想起西二旗地铁站每个工作日早晨的盛况。每个乘车口都排起了长长的队伍，从楼上放眼望去，整个西二旗地铁站里密密麻麻人头攒动，连空气似乎都是拥挤的，这个画面足以让每一个北漂铭记一生。

西二旗是距离中关村软件园最近的地铁站，也是城铁昌平线的换乘枢纽站，国内的部分高新技术企业和大型互联网公司总部坐落于西二旗商圈。这里聚集了中国很多信息技术人才，著名的“西二旗码农”诞生于此。

西二旗地铁站全国出名，你若想坐上工作日早晨的西二旗地铁，那是一定要等几趟把人塞得满满的列车开走后才能被挤上去。这个时刻的每个人都匆匆忙忙，上车前每个人都是备战状态，为了快速挤上地铁，人们都使出了吃奶的劲。一进地铁站就有人在研究上车策略，哪边人多，哪边人少，哪个乘车口能够多上几个人，哪个队伍可以趁乱插进去。

可以说，工作日早晨的西二旗地铁站是在看似纷乱的环境下有条不紊地运转着。

来来往往，进进出出。

挤上西二旗地铁，千张面孔、万种心情。西二旗地铁站承载了很多人的梦想，也挤碎了许多怀揣梦想的心灵。

正值我在回想之际，车到站，停靠，开门，我排在第一个位置，轻松地走出门外。身后的一对情侣犹如狂风一般从我身后极速奔跑而过。奔跑带起了一阵风，顿时让我睡意全无，我还在想，为什么他们跑的时候又多了几个和他们一样奔跑的人。

说“奔跑”一点也不为过，因为他们这突然的奔跑，让我一下子竟然不知道是该与他们一样步行上楼梯，还是慢慢乘滚梯上去。

就在那几秒思考的时间里，发现走楼梯的全是奔跑或小跑上去的人，场面真是壮观。

虽说很晚了，但我也不着急那一分半分的时间，所以最终我还是乘坐滚梯而上。这个时候，只听到地铁里更多都是因为奔跑而脚掌触碰地面的声音及上去后的欢呼声。

我在思考，他们为什么奔跑?

绝对不是谁真正想跑步而跑，也绝不是开什么玩笑的嬉戏耍闹。随着他们奔跑的终点站望去，我这才知道真正的原因。原来开往昌平的列车开着门在等乘客呢。我坐的这次车是末班车，那他们奔跑一定也是为了能赶上昌平线的末班车。这么一想，对于他们，我从刚开始的有一点点厌恶，到现在嘴角为他们挂起了微笑，我为他们能赶上昌平线末班车而感到高兴。我想，这也可能是他们今天很值得高兴的一件事了吧。试想，如果赶不上末班车那该是多么懊恼和沮丧呀！毕竟如果没有了地铁，半夜打车很不方便，而且到昌平或

《晨曦下的新山寨》（油画）
杨丽芳 | 云南电网公司德宏供电局
二等奖

者更远的地方要花几十或者一百来块的打车费，这对于工薪族来讲也是一笔不小的支出呢。所以说这样的奔跑真的是非常值得的，既节省了资金，还让人感到很幸运。

看到了冲进地铁门里的小年轻们，我的情绪似乎比他们还激动。是的，他们这样的奔跑感染了我，他们身后刮起的劲风，让我回忆起了曾经那个奔跑的青春。

那个正值青春的我，与时间赛跑，与青春赛跑，与速度赛跑。身体的每个细胞都在沸腾，感觉生命也在奔跑。

青春的每一天都在诠释着什么是奔跑，时刻演绎着。

那是一种怎样的奔跑?

那是，为了避免上下班浪费时间在路上，一天之内快速跨区搬家到公司附近，步行 10 分钟便可到达公司，每天迎着朝阳活力四射地去工作。

在公司里，去卫生间的路上暗自思量，公司为何这么大，去卫生间的路为何这么长。有同事觉得工作节奏太快，只有在卫生间可以休息一下，可我觉得如果不是必须，去卫生间似乎都是多余。

到了午餐时间，看到了面条、饺子等一系列美食之后选择蛋炒饭，因为蛋炒饭不用等待，直接盛起来就吃。即便这样，我还对已经处于快速盛饭节奏的姑娘发出催促，说出了让她惊讶，也让我今生一直难以忘却的话。我对她说:“麻烦你快一点儿，你知不知道你在阻碍商业发展!”

仅仅只是姑娘的手抖了一下，我就脱口而出这句话，这并不是我太过挑剔，而是在我的心里认为，除了一定需要用的时间外，其他时间都应该用于工作，我的快速工作可以推动商业发展，她盛饭慢了就会耽误我的时间，那就间接影响了商业发展。

这件事情距现在已经 11 年了，我依然清晰地记得那姑娘清秀的脸庞和白色的衣服。她微微一震，抬头惊讶地看着我。然后，更快速地为我盛饭。

奔跑，是每天晚上只有在公司工作到 11 点以后才放心回家的心情。独自走在四环边上，看到四环上的车已经不再那么多，便放下心来对自己微笑着说:“很多人都已经休息了，今天你对得起自己了，今天你比别人多做了一点儿，今天你没有落后。”

奔跑，是苦恼周末放假怎么过，期望多上一天班的心情。

奔跑，是觉得去超市购物是在浪费生命的一种境界。

奔跑，是用最少的时间做最多的事情的效率。

奔跑，是全身心投入去做一件事情的专注。

奔跑，是一种北漂人内心深处最能产生共鸣的力量。

奔跑，是一种生命的张力。

走出茅草屋

■睢雪

我家的茅草屋，坐落在省城南部一个普通的村庄。房前一片园田地，房后是一条悠久的乡村土路。

由半个农民、妇联干部到业余作家，我从那个茅草屋走出，从房前屋后那片狭窄的黑土地上起程。黑土地磨砺了我百折不挠的意志，赋予我不尽的力量，留给我无限的畅想，我在 8 小时以内为妇女事业勤奋工作，8 小时以外撰写女性题材的文章。在流逝的岁月里，我发表散文、报告文学、调研报告等不同体裁的文章 1000 多篇，600 多万字的笔墨如同涓涓溪水在我的笔记本上流淌。拼搏，总是觉得前进的路上有一盏灯，照耀着我前方的里程。

追寻心中的理想，我在半耕半读中义无反顾地向着前方。从小学到高中毕业，用时间计算，我只读了一半的课程，那一半我是在乡野中度过。半耕半读的日子，我只有一个愿望，学习知识走出茅草屋，最初的理想是担任村里的妇女主任。在我心目中，妇女主任是全村女人中至高无上的人物。小时候为了这个最美的愿望，我第一步争取到读书的机会。我很清楚，要想担任村里的妇女主任，至少需要初中文化。那个时候父亲不同意女孩读书，认为女孩子早晚会嫁人。可我的母亲很开明，她支持我上学，但有一个条件就是不能承担读书的所有费用，只能上午读书，下午回家干活。这个条件对于我来说并不苛刻，因为在我们村里女孩子几乎没有上学读书的，即使读完高中也是回乡劳动。上小学时，我每天都要早早起来喂猪喂鸡，然后去上学。

十几岁我就开始到农田里劳动了。那是在我读初二的时候，因为家庭困难，依靠父母劳动很难维持生活，为了读完初中再读高中，我在家里不断地表现自己，上午到学校读书，下午回到村里和农民一起下田劳动，暑假里我去山野刨药材，寒假里我编炕席。让我意想不到的是高考制度改革，我们农村人有了考大学的机会。从春天的播种，夏日的锄草到秋天的收割，深冬季节的脱粒，我经历了艰苦岁月的跋涉。1979 年我考上了通化师范学院，是我们屯里有史以来第一个走出去的大学生。

离开家乡上大学那一天，是金秋 9 月一个阳光灿烂的日子。我从故乡的黑土地上走出，慢慢地走在我曾经走过的羊肠小路上，眼望小路两边金色的稻谷，望着我流过汗水的地方，周身的血脉像音符一样跳跃。我终于走出茅草屋，走出那块黑土地了！我站在秋风里回首走过

《藏情》（油画）
杨　立
阳光财产保险股份有限公司
湖北省分公司
三等奖

来的小路，回首我家的茅草屋，那土墙，那房草，那院落，成为我心中永远不褪色的一幅图。

开展妇女工作，我把妇女事业深深刻在心碑上，也在妇女工作中寻求适合我的思路。走进妇联是我意外的收获。大学毕业时，我本来应该去当教员，可那年通化地委组织部到我们学院选人，也许是缘分，我被分配到通化地区妇联，后来又调到省妇联。

到省妇联机关工作，给予我的体会和春风一样温暖。我曾经参与过编写吉林省妇女运动史，那段时光始终让我难忘。那个时候，征集妇女运动史的任务十分繁重，许多老同志已经年迈，可以说是在抢收革命历史。1987 年，我要去抚松县采访一位抗日联军女战士在狱中生的儿子，当时我怀孕 8 个月，从省城到长白山脚下的抚松县，需要乘坐一夜的火车，然后转乘汽车，走过几百里的盘山路才能够到达。单位领导不放心我去那么远的地方，但又急需收集资料，我表示没问题，一定会安全完成任务。通过走访，我获得了那位抗联女战士的生平材料，一篇《血染长白山脉》的文章先后在多本史料和杂志上发表，同时在《中国妇女报》发表。那期间是我结婚和生育最艰难的时候，可我访问了上百名历史人物，她们中有红军女战士，有从延安抗日军政大学毕业的女领导，她们的年龄都在 70 岁以上。那期间我整理出本省《抗日战争时期妇女运动概况》

《女职工的中国梦》(剪纸)
王文静 | 山钢股份莱芜分公司能源动力厂
三等奖

和《解放战争时期妇女运动概况》。根据走访的资料，我在长春出版社出版了《女共产党员的故事》。《女共产党员的故事》后来作为中小学生传统教育课本，在全国发行。

我曾经参加省妇联在通榆县莲花泡村开展的扶贫工作。莲花泡村位于吉林省大西北的风沙地带，茫茫盐碱地，给劳动妇女带来凄凉。为了解当地妇女群众贫困的原因，我白日走访农民妇女，夜晚我坐在农民家的热炕头上思索琢磨解决妇女贫困问题的策略。在走访完全村 300 多户的劳动妇女后，我写出 5000 字的调查报告。在这同时，我还撰写反映女性题裁的文学作品，其中散文《不平凡的五个日夜》在《中国档案报》等报刊发表；报告文学《荒碱甸子升起一簇星火》在当时的《时代姐妹》等杂志发表；调查报告也在吉林妇运杂志发表。20 多个日夜，我感觉从笔端流出的印迹是妇女工作赠给我最深切的体会。

撰写女性题材，为我的人生涂上一层浓浓的色彩。妇女事业装点着我的人生。开展妇女工作，我的感情世界发生了质的变化，女性世界丰富多彩的生活就像长河的水，缓缓流入我的心田。每每跟随领导深入基层，我会把所搜集的内容根据工作需要整理好，然后利用业余时间撰写报告文学和散文。我抓住灵感，点石成金。于是我心中的河流，从狭窄流向了宽阔。

我的报告文学内容都是女性题材。1998 年，我去通化县搞调研，无意中我听说这个县的金川乡有位农民妇女剪纸艺术家，曾经到国外讲学。那天我不顾大雨滂沱，利用中午时间走访了这位劳动妇女，当天夜里我在宾馆写出 4000 多字的报告文学《走上世界讲台的农妇》，在北京一家杂志发表，还获得吉林省报告文学奖。

《绘江山》（水粉画）
雷雪梅
河南大学土木建筑学院
三等奖

我写散文也是来自于妇女工作中的收获。有一年，我到吉林市的天北镇搞调研时，认识一位摊煎饼的农民妇女，这位农民妇女曾经是贫困户，她通过摊煎饼走上富裕道路后又帮助其他贫困妇女致富，我以她为原形写出散文《摊煎饼的大嫂》一文，先后在报纸和杂志发表，还获得优秀奖。我还以许多的农村妇代会主任为原型，写出《山路弯弯》《金色时光》《夜晚，小村里的灯光》等散文上百篇。

我写纪实文章，来自于一个个上访的故事。做妇女工作，我和一个个婚姻家庭方面的故事联系在一起。因为接待过来自于不同阶层的上访妇女，她们的经历在我内心深处引起强烈的震撼，于是我写出《小城维权故事》《一步走错的女人出路何在》《不该凋谢的两朵花》等反映婚姻家庭方面的纪实文章，在《中国妇女》等刊物发表。

岁月悠悠，在妇女工作岗位上，我不放过任何一个搜集素材的机会，不放过任何一个双休日，我不是专业作家，但我已经发表 5 本专著。《蒲公英情结》《伸向故乡那条路》等散文，记录了我搏击人生苦辣酸甜的现实；《浓浓关东情》等报告文学描述了一位位农村基层妇女干部的经历；《搭桥铺路，加大农村妇女参政力度》《大案要案发生发展的原因和对策》等调查报告记录了我在开展妇女工作中释放的思路；《参与和发展，男女平等的象征》《浅谈高等学校妇女工作的前景与任务》等论文记录了我探索妇女发展问题的热心；《井冈山竹林行》《吟咏歌唱的南风》等随想记录了我参加妇女工作活动中的感慨。还有读书体会连续五年获得省直机关女干部读书征文一等奖，其中《百年沧桑，百年希望》一文获得全国妇联读书征文一等奖。

收获，沉甸甸的。小时候，我梦想当村里的妇女主任，却很意外地走进高过村委会 4 个等级的省妇联；读大学的时候，我敬佩作家，不知不觉成为一名业余作家，成为省市作家协会会员。每一收获都使我深深地意识到，成功就是不停地奔跑，成功就是翻越远方的大山，梦想在山顶上。人生不用和任何人比高低，只要默默去做，只要勇于面对山顶上的目标，就会满足心中的渴望。

黑土地为我的人生创造了希望，泥土的芳香在我心里如同玉米高粱。我的半个农民经历，我的妇联工作生涯，我的写作梦想，为我的人生洒下一片金黄。我永远忘不了那个风雨岁月中的茅草屋，是那个邮票一样的茅草屋把我寄出，我走在风雨中，走在阳光下，走向海阔天空的世界……

种桃种李种春风

■季纯

“老妈，恭喜您光荣退休，干了一辈子革命工作，总算可以歇歇了！”女儿为张霞捏着肩，调皮地说。

“那我也不想歇着，我还想上班。”张霞一本正经地回应着。

“好啊，等我生了小宝宝，您就帮我带孩子，我让您天天上班，忙都忙不过来！”

“想得美！暑假一过我要继续到学校工作。”

女儿没有再跟妈妈争辩，她心想妈妈只是说说而已，并不知道妈妈内心的小九九。

这是一个天气晴好的早晨。张霞兴冲冲地敲开了区教育局局长办公室的门。她说自己今天是来申请到偏远山区支教的。局长以为张霞是心血来潮，做起了她的思想工作：“您一直在城里的学校教学，没有切身的体会，山区条件很艰苦，即便是在那里工作的年轻人都叫苦连天，整天喊着往城里调动，更何况您年龄这么大了也退休了，您没有义务再奉献了！”局长说得虽有道理，可张霞一句也听不进去。

张霞在没有退休前，从未张口求人办过事。这次为了支教的事情，她一反常态，多次找到局长，她表态：“我是义务去的，我不要任何待遇，不要一分钱。我有退休工资。山区缺教师，我去了还能发挥点儿余热。”

局长经不住她的软磨硬泡，把她安排在离城最近条件较好的一个乡镇。谁料张霞并不接受局里对她的关心照顾，坚持要求到最偏远最贫困的地方去。经过一番“讨价还价”，她如愿被安排到区上最偏远的香泉小学支教。

想着自己马上要到新的环境里授课，张霞激动得一晚上醒来好几次。第二天，爱人执意要送她。他们坐上公共汽车，在山路上绕来绕去，好不容易来到了香泉小学。这里四面环山，一条蜿蜒曲折的小河顺着山势流淌，随处可见的山喜鹊叽叽喳喳，仿佛在迎接她的到来。爱人临走时关照她：“不要硬撑着，一旦坚持不下来，咱就不干了，没有人逼着咱。”张霞嘴上答应着，心里早下了决心，教书育人是她终生的事业，怎么可能轻易抛下？

第一次开教师会，校长介绍了张霞的情况。老师们望着这个新成员，目光异常复杂。他们有的敬佩，有的不解，有的怀疑。老话说：“家有五斗粮，不做孩子王。”那么她到底是为了什么？是为了出名博人眼球？一些老师抱着质

《以梦为马》（国画）
邢　珺
东北师范大学南湖实验学校
优秀奖

疑的心态，想要看看她到底能干几天？

这是一所寄宿制的学校。从一年级到六年级，学生全部住校。张霞被安排代五年级的数学课。第一次上课，张霞提了一个简单的问题，然而却没有几个学生能回答上来，看来孩子们的基础的确很薄弱。一考试，果不出所料，有很多学生数学成绩不及格。她看在眼里，急在心上。她下决心一定要改变这种现状。于是她手把手教她们，当着学生的面一个一个批改作业，以方便能及时解决学生存在的问题。趁着晚上查宿的机会，她会跟孩子们谈心，和他们交朋友。她知道，这个年龄段的孩子更喜欢年轻漂亮的老师。自己在年龄上显然不占优势，但她有的是耐心和信心。久而久之，孩子们喜欢上了张老师，也越来越爱上数学课。在学生眼里她如妈妈般体贴，又如姐姐般知心。仅仅一学期，她带班的数学成绩平均分比上学期整整提高了 29 分，一跃成为全镇的第一名。望着孩子们的成绩单，她笑了，笑得很开心。起先对她持怀疑态度的老师再看她时，目光里满是敬佩。看来，她真是热爱这份事业。

张霞意识到，要长久在山区支教，一定得有个好身体。张霞的生活从来没有像现在这样规律。她每天早上 6 点起床，先是到校园里跑步，打太极拳，接着提开水，然后匆匆奔向学生饭堂，帮低年级的学生打好饭，端到饭桌上。等孩子们吃完饭，她才得空去吃饭。上午课间操时，她站在学生的队伍前面带头做操。每天晚饭后，她还坚持在学校附近的小河边慢跑。

山里的树木多，空气好，但地气冷，风很硬。冬天，她口袋里总装着一瓶冻疮膏，看见哪个孩子的手冻得裂开口子，她随时掏出冻疮膏给孩子涂抹。见有的孩子家庭困难，穿得单薄，一张小脸在寒风中冻得青紫青紫的，一瞬间，她的眼睛湿润了。周末一回到家，她便翻箱倒柜找女儿小时候穿旧的衣服，亲戚朋友也成了她的后援。每次从家里回学校，她总是拎两大包衣服分给需要的孩子们。后来，她索性利用网络为孩子们募捐衣物。她还自掏腰包买学习用品分发给贫困生和进步生。

她在山区支教了一年，女儿生下了小宝宝。正值她在暑假，她精心伺候女儿月子，享受着天伦之乐。眼看着快开学了，她登录QQ，一堆消息一个接一个跳了出来：

“老师，我想您了！”

“老师，您下一学期还支教吗？盼望您回来还代我们数学课。”

“老师，您要注意身体，希望快点儿开学啊！想您了！”

……

山里的孩子，心像大山一样纯净质朴。她的眼泪不自觉地流出，甜甜的。

“老妈！您怎么哭了？”

“是孩子们发信息给我！”女儿一问，她竟有点难为情。

“一开学，您该不会又去支教吧？您不管您的女儿和外孙了？”

“老妈已经伺候你月子40天了。你婆婆还眼巴巴等着照看她孙子呢！我不会跟她争的。”

女儿叹叹气，说：“去吧，去吧！只要您开心就好。”

不知不觉张霞已经支教了6年。每年一开学，好多人都在问，张霞老师还在义务支教吗？每次的回答都是肯定的。其实，教育局担心她年龄大，害怕她的身体吃不消，每年都要做她的思想工作，劝她回家休养，她都拒绝了。局里要宣传她的事迹，她却轻描淡写地说：“宣传我什么？我支教是有私心的，我喜欢待在山区，喜欢跟娃娃们打交道。”

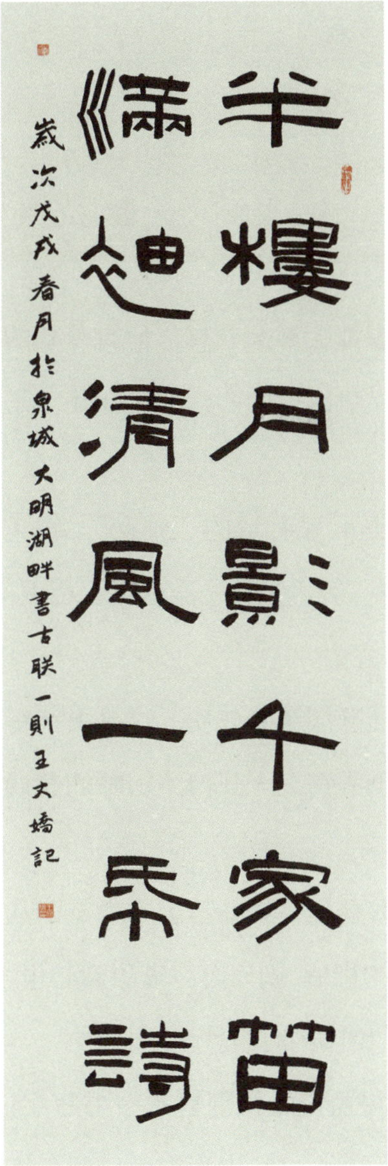

叮铃铃，上课铃响了。张霞站在教室门口。孩子们课前最喜欢唱两首歌，一首是《青春修炼手册》，一首是《时间都去哪儿了》。今天，孩子们唱着："时间都去哪儿了？还没仔细看看你头发都白了……"

年过花甲的张霞不知道时间都去哪儿了。她只知道自己的内心有一亩田：种桃种李种春风，那是她心里永远不醒的一个梦。

《半楼月影千家笛 潢袖清风一纸诗》（隶书）
王文娇
中国铁路济南局集团公司淄博车务段
三等奖

跟心走跟梦飞

■ 沈燕

不是每个梦想都会开花结果，不是每个梦想都会梦想成真，但有梦想的人活得绚丽多姿。在追逐梦想的路上，揣着颗火热滚烫的心，风尘仆仆，是人生中最美丽的风景。

树盈是我认识 6 年的文友，四川雅安人，是大家称道的“雅女”，她人长得清秀靓丽，而且温雅善良。文字让我们结缘，我俩是在一次笔会上相识，才见第一面，我就喜欢上这个纯朴大方的四川妹子。

大山里走出来的树盈穿着朴素，身上有种恬静淡雅的气质，这是书读得多的女子自带的气质。微微一笑，脸上有两个小酒窝，一开口，川味的普通话让人顿时没有距离感。

纯朴的树盈待人真诚大方，她坐飞机到上海参加笔会，不远千里专门从四川背了许多家乡的水果分给大家吃。又大又圆的柑橘，剥一瓣由嘴甜到心里。我才知道她家是卖水果的，她平时守着水果摊，空闲的时候就码字。

笔会时我们俩住一个房间，很是聊得来。树盈说她特别喜欢看书写字，邻居约她去打麻将，她不去；老公让她去逛街买衣服，她也不去；只要一抱起书来，她整个人就扎进去，最高兴的事就是自己写的文章能发表。

当作家是树盈从小的梦想。2008 年不会打字的她萌生了学写作的念头，还是小学学的拼音她早就忘没了，于是她从头开始学拼音，练习打字。一开始学习时，18 个字，树盈花了整整 4 个小时才打出来。再难再苦她也不怕，为了练习打字，特意买了一本字典，放在自己的床头。每天出门卖水果，她就拿出手机练习打字。只要打不出来的字，就记在小本子上，回到家去查字典。经过不断地练习，她打字的速度突飞猛进。

为了写作，树盈想买台电脑。可在自己村里，老师家都没有电脑。她的这个想法遭到老公的强烈反对，甚至还以离婚相逼。亲戚朋友们都来劝树盈，让她为了家庭、为了孩子，安心做本分的事，不要沉迷于什么写作。外表柔弱内心倔强的树盈认准的事，十头牛也拉不回，谁劝都没用，她坚持买了全村第一台电脑，开始学习写作。

刚开始写作时，老公打击她，说她一个小学生，能写出什么来呀？哪会有人看？在家里浪费电，还把家里的网线扯掉了，不许她上网。树盈就趁着老公出去打牌的时候，偷偷在电脑上写作，一听到老公回家的声音，她就假装在玩游戏，偷偷摸摸地写着，受着委屈，流着眼泪，树盈咬牙坚持着。

树盈只有小学文化，第一次投稿时，她的文章被打了回来。编辑客气地对她说，请把“的、地、得”的用法分清楚。树盈的脸对着屏幕红了又红，但她并没有气馁，于是去问读小学二年级的女儿，虚心地请教。勤奋的树盈不懂就问，像块海绵一样如饥似渴一点一滴地学习着。她给自己打气说，小孩子都能从零学起，我为什么不能呢？一步一步走来，她经历了多少的退稿，跌倒了又爬起来，她努力着、坚持着，从未放弃自己的梦想。经过 3 年的努力，她的处女作终于发表，当拿到样刊，树盈觉得自己是在做梦。

第一次捧着印成铅字的作品，树盈开心极了，她反反复复地看，捧在手上像捧着块珍宝般。接着一发而不可收，第二篇，第三篇……越写越顺的树盈终于推开了文学之门，踏上了文学创作之路。当树盈把样刊递给父亲看时，父亲戴着老花镜问她:“这些标点符号都是你写的吗？”树盈笑了，笑得很美、很甜。

树盈说写作是一件很孤独也很快乐的事，只要学，什么时候都不晚。树盈是这么说的，也是这么做的。她写网文、写剧本，只要是自己喜欢的文字，她都去学、去写。她坚持了 10 年，出版了长篇小说《重生》，剧本《郭大熊的喜剧人生》已拍成了电视剧，剧本《少女失踪案》在影视剧本征集中获奖，在众多全国的报纸、杂志上发表作品几十万字，并在全国各大征文中屡次获奖。

《红屋顶》（水彩画）
陶啸啸 ｜ 浙江省嘉兴市南湖区余新镇中学
优秀奖

树盈出门参加笔会，一开始老公并不支持，觉得树盈这么辛苦地写，挣得钱还不如在家卖水果来得快，出去参加笔会，耽误几天做不成生意，去一天就少挣一天的钱。树盈珍惜每次出去学习和交流的机会，一向性格温顺的她倔强地坚持要去，夫妻两人僵持不下。女儿支持树盈，站在妈妈这边，老公拗不过了，只好买了来回的机票，叮嘱她早点儿回来。

每次为了参加笔会，树盈都要提前把网文准备好，存好几天的量放在那里备发。一边卖水果，她就一边构思，她会把自己的网文讲给隔壁摊子小夫妻听，“第一听众”的他们听得津津有味，还帮她出谋划策。树盈在心里打好了“腹稿”，卖完水果回家后她抓紧时间烧饭洗衣，忙完家务活的她就坐在电脑前开始码字，一般都会写到半夜。第二天一大清早，她还要开着自家的小货车去进货。

喜欢文字，但要写出像样的作品，可不是一件容易的事。树盈除了每天在固定的时间写作外，还要在生活和书本中不断地学习，不断地充实自己。

树盈的母亲生病住进了医院。树盈很早就起床去进货，然后再赶几十里的山路，把水果拉到集市上去卖。卖完水果，她又要赶到医院陪床照顾母亲，即使是陪床她也不忘看书、写作。

风里雨里，日复一日，年复一年，树盈就这样执着追求自己的梦想，不抛弃，不放弃。她说她最大的梦想就是，有一间自己的小屋，守着它看书写字。

心　灯

■姜皓雪

做教书匠已经30多年了，我两鬓的青丝也已被粉笔灰染有了白霜。年年岁岁花相似，岁岁年年人不同。曾经感慨着送别了上千的学生，而今也该为自己送别了。我站在那方三尺讲台上，想着自己离退休也只剩数月的光阴，如今不忍告别却不得不告别了。

我出生在农村，落后的乡村是我们那代读书人最想逃离的地方，我也不例外。我是家中的长女，因此承担了大量的家务农活，包括照顾年幼的弟弟和妹妹。5岁那年我学会了蒸饭蒸红薯，而7岁便能做一家人的餐食了。我母亲是个地道的农民，她从未问过我长大想要做什么。她关心的是插秧的季节里，我是否可以熟练地将秧苗栽种；农忙的月份，我是否可以娴熟地挥动镰刀收割。懵懂的我并不知道庄稼以外的世界，直到进了学堂，翻开崭新的书本时，我才看到了更广阔的天地。我钦羡着在台上的老师能滔滔不绝地谈天说地，他广博的知识让我耳目一新。从此，我就喜欢上阳光透过窗户倾洒在教室里温暖的感觉，喜欢看粉笔灰在金黄色的光束下纷纷飘扬。年幼的我便埋下了想要与书长相伴的种子。

我至今感谢我的父亲，在饥肠辘辘的年代，他没有放弃家中任何一个子女的学业。我清晰地听到他对母亲说：“再苦也要让孩子读书。”那时我就在想，这书不能白读了。

读书考大学是我最初的梦想。我发奋读书，不曾感到过疲倦。白日里要在学堂念书，干不成农活。我又不忍母亲一人操劳，于是放学后放下书包就上山去割猪草，尽量减轻母亲的劳作。打理好猪圈，收拾好家务，待一切都处理妥当已是黑夜了。这时，我才点上煤油灯，翻开油墨味甚浓的书本。

我的书上满满的都是笔记，还有自己读书的心得体会。一丝不苟地记录分析是我读书的习惯，因为生怕自己会遗漏任何一处细节。我夜以继日地学习，哪怕农活干得腰酸背痛，我也会坐在那盏昏暗的油灯下聚精会神地学习至夜深。

天道酬勤。高考成绩下来那天，我正在田间收割稻谷，汗水在我的面颊上肆无忌惮地淌着。我站在田垄上，望着周围延绵起伏的群山，激动得落下了眼泪。我终于可以离开烈日的暴晒，离开这山旮旯。

逃离了农村，逃离了穷乡僻壤的山沟沟，那时的我对外面世界充满了渴望。我填报志愿的那天，整个村子的孩子都围拢在我家门口。他们羡慕地看着同样衣衫褴褛的大姐，眼神溢满了对未来的憧憬。我懂他们的心声，那一颗颗期盼走出去的心，和我一模一样。

“静姐姐，我也想像你一样读大学。可是，母亲说家里穷，不许我再读书了。”她是隔壁王婶的小女儿，十来岁的年纪却因家贫辍学务农。她生得机灵，好问好学，一点就透。以前，她老爱来我家学习，跟着我看书学习。

看着小姑娘泪汪汪的眼睛，我放下手中的志愿表，将她搂在怀里。“好丫头，不哭了。不让你上学堂，你可以自己在家学习啊。等到高考了，你就和其他同学一起报名。”一时间，我不知如何去安慰她，也不知没经脑子的话是否经得起实践的检验。但我的心的确难受了，那怜悯却又无能为力的苍白言语，让我对落后的农村感到心酸。

“我自己能学懂吗？”她疑惑地望着我，那双明亮的眼睛像是在期待什么，等待着我去解疑。

“能，我帮你。”我点点头，随之将那张反复斟酌的报考指南搁在一旁，毫不犹豫地在志愿栏里选择了师范。

大学毕业后，我放弃了在县城工作的机会，回到了那片曾经养育过我的土地。乡亲都笑话我，觉得我转了个圈子又回到了原点。我没有解释，也不想解释。我深爱着这片土地，故土的贫瘠落后并不是她的错。我作为喝她水，吃她粮的孩子，逃离她、嫌弃她都不如报答她、改变她。我忘不了邻居王婶的女儿，也忘不了那些想通过读书改变命运的孩子们，他们需要引路人。从我填志愿的那一刻就想得格外明白，我并非为了逃离农村而选择了教书，而是我为了回到农村而教书。

这个梦想激励着我在乡村教师岗位上奔跑了30多年。30多个春秋里，我从未忘记自己作为老师肩上所背负的使命。为了上好一堂课，我常常会翻阅很多教参；为了讲好一道题，我起码要准备三种以上的解题思路和方法；为了辍学的孩子，我走过无数趟山路，只为做通家长的思想工作……因为孩子们的梦想就是我的梦想，所以我从未后悔我的选择与付出，正如当初我坚定不移地考大学一样。

前些天女儿还在问我，为什么当年县政府调我去财政局工作我竟没去。她用怀疑的语气问我：“年轻人都喜欢在繁华的城市工作，当年妈妈大学毕业为什么甘愿留在农村呢？”我笑着对她说：“妈妈若是想去早就去了。但是妈妈心中有盏明灯，它指引着我前进的道路，当然也温暖了路途上的我。”

只一眼，便播下梦想的种子

■喻贵南

那一日，夏桑跟妈妈到镇上去买东西，妈妈进药店给奶奶买药，而夏桑则进了隔壁的杂货店。6 岁的她，这是第一次跟妈妈步行到 30 里外的镇上，也是第一次看到那些山沟沟里看不到的玩具。

那么多大大小小的布娃娃，端端正正地摆在杂货店的货架上，一个个像听话的孩子，瞪着大眼睛，面带微笑，似乎都在等待夏桑的拥抱。夏桑心里乐开了花，一个一个布娃娃看过去，尤其是看到其中的一个胶皮布娃娃，蓝色的眼睛，长长的睫毛，隔着塑料外包装碰一下，睫毛还会动。真好玩！夏桑不由得将那布娃娃从货架上取下来，捧在手上，仔细端详着……

“放回去！”一声清脆的断喝，夏桑吓了一跳。只见柜台后面，站着一个十四五岁的女孩，冲夏桑瞪着双目，嘲讽地说：“碰脏了，你买得起吗？”

“谁说我买不起呀？”夏桑一愣之后，不服气地反驳道。

“就你这样子？”女孩的目光，从上到下扫视着夏桑没破但很旧的衣服，鄙夷地哼了一声。

“我买不起，以后我自己做布娃娃，做好多好多！”夏桑气冲冲地放回布娃娃，扭头就走。走出了门的夏桑，忍不住回头扫了一眼那漂亮的布娃娃，也看了看嘲笑她的那位女孩。也正是这一眼，让夏桑播下梦想的种子。她眼里含着泪花，咬着嘴唇在心里说：以后我就做布娃娃，做好多好多的布娃娃，

《复兴号奔驰在祖国广袤的大地上》（铅笔画）
曾夏兰 ｜ 中国铁路成都局集团有限公司贵阳南车辆段
一等奖

让跟我一样的穷孩子买得起！

那一年，20 世纪 70 年代出生的夏桑还不到 7 岁。

那女孩说得没错，夏桑买不起。平时夏桑姐弟几个想买一本小人书，盼星星盼月亮似的，等到过年父母给了压岁钱才能买。眼下这么大一个布娃娃，对夏桑来说可以说是奢侈品，想都别想。

从镇上回家后，夏桑缠着奶奶，让奶奶教她针线活。她找来各种碎布要自己缝布娃娃，缝了又拆，拆了又缝，针尖扎破手指也不哭，一个个四不像的布娃娃就这样诞生了。看着自己的杰作，虽然丑得不能再丑，但她非常开心。这就是穷人家孩子的童年乐趣。

邻居大婶说，穷人家的孩子想要有出息，就得好好读书。布娃娃缝得再好看，没钱买好布料，做出来也是没穿水晶鞋的灰姑娘，登不了大雅之堂。

为了有出息，为了有钱买布料，夏桑一直很努力读书，在班上总是名列前茅。可高三下学期，夏桑的爸爸由于脑血管堵塞引起中风，左侧偏瘫，从此以后不能下地干活了，家里的主要经济来源也断了，而且他还得有人侍候着。本来就负债的家庭，父亲这一病无疑是雪上加霜。

作为家里的长女，弟弟和妹妹要读书，夏桑知道，自己的读书生涯只能提前结束了，她得帮母亲将这个风雨飘摇的家撑起来。高考后，夏桑一声不响地把大学录取通知书藏了起来，只说没考上。在母亲无奈的叹息声中，夏桑跟同村的姐妹踏上了南下打工路。

到达广东后，夏桑并没有和姐妹们一起进同一家电子厂工作。很巧的是电子厂对面有一家新建的玩具厂正大量招工，普工、质检员、车间主任什么都招。年幼时那一眼播下的梦想种子，此时在夏桑心中萌动了。可是，这些招聘的岗位里，除普工之外，其他匀须熟手。夏桑去应聘比普工稍好一点儿的质检员，也因无工作经验未能如愿。夏桑只能退而求其次，成了一名普工。

夏桑的工作是用缝纫平车给玩具缝衣服，计件工资。别人大多用串岗或闲聊来打发时间，夏桑也串岗，但她却借机学东西。不是缠着别人教她学高车，就是看检查员怎么查货验货。而当他们忙不过来时，只要夏桑有空，她都会主动去帮忙。

当工人有事请假，厂里正赶货，却又抽不出人来顶岗时，主管领导一般都会想到夏桑，因为她各个岗位都能干。她就像一只蝴蝶，欢快地从这个岗位飞到那个岗位，因为她喜欢干。半年以后，勤奋好学而又热心的夏桑，跨过检查员和领料员之职，直接被提升为副班长。

职位提升了，不只意味着工资涨了，也意味着肩头的担子重了，活动范围也不只是车间这一块了，涉及进出货质量及生产进度跟进的各个部门。夏桑从不偷懒，她知道，只有掌握了生产流程中的每一个环节，才能成为这个行业的高手。她以饱满的热情，在认真做好本职工作的同时，依然勤奋好学，有空就向他人讨教。

4 年后，夏桑已坐到了车间主管的位子上。哪个岗位的职责及技能，她都了然于胸，哪批货出了问题，症结在哪，她都能一眼看出来，且能迅速处理好。

期间，她还不时地向设计部提出不同的设计意见和方案，赢得了同事的认可和客户的好评。有好几次，因为采用了她提的设计方案，令产品销量大增。后来，夏桑申请调入设计部，公司领导也觉得让她去设计部可能比做车间主管更有价值，于是，批准了她的申请。

设计部经常和客户打交道，听取客户反馈的信息及需求，以便对产品的设计及时做出相关的修改及调整，而且设计新产品时要考量很多因素。进入设计部，夏桑算是进入玩具厂的核心技术领域。

入厂 12 年后，夏桑从玩具厂辞职，正式创建了自己的公司鑫源玩具厂。从最初的小打小闹，到眼下的 3000 多员工，鑫源玩具厂已是行业的佼佼者。其生产的玩具销往全国各地，当然也销往了夏桑的家乡——长沙市，不只是夏桑儿时的那个老粮仓镇，而且是长沙市的每一个镇。

虽然在追梦的路上，夏桑也曾有过这样或那样的坎坷，可她从未放弃自己的梦想。儿时回望布娃娃的那一眼，让她播下了梦想的种子。如今，种子不仅发芽、开花，而且结了丰硕的果实。

每每路过当年那条街，夏桑都会会心地一笑。虽然时过境迁，街道整改，物非人也非，但夏桑的记忆犹在。

黎明的光

黎明的第一缕光，总是献给不倦的夜行者。

《蓝樱花》(水彩画)
古　倩 | 眉山市供排水总公司
优秀奖

梅子的黎明

■李子燕

梅子是远近闻名的豆腐倌，每日天不亮就起来做豆腐。她说，是豆腐让她看到了黎明的光。

小时候，梅子家离水库不远。梅子爹经常打鱼换钱，回来时拎上两块大豆腐。孩子们瞪圆了眼睛，趁梅子娘出去抱柴火的工夫，你一勺、我一勺，等豆腐下锅时，已经所剩无几。梅子爹如果拎回2斤干豆腐，园子里的大葱就遭殃了——孩子们目标一致，专挑最嫩的葱叶，也顾不得洗，卷着干豆腐三口两口吞进肚子里。梅子娘一边削土豆皮，一边嗔怪道："慢点儿，蘸点儿大豆酱，别噎着……"

4个孩子中，梅子是大姐。每次"偷吃豆腐"时，她吃得最少；饭菜摆上桌，她尽量绕开豆腐，只夹土豆；有时弟弟妹妹太贪吃了，她会手疾眼快抢两块豆腐，放进爹娘的碗里。爹娘身体不好，不到10岁的梅子已体会到了生活的艰难。

知道爹更爱吃干豆腐，是秋天的一个傍晚。梅子爹收了一天庄稼，小声嘀咕："馋尖椒干豆腐喽！"梅子娘低声细语："豆腐坊也晒干鱼片了，今年只收现钱。"梅子爹端起酒杯，狠命地喝了一大口，结果呛到了，咳得脸通红。梅子赶紧端来半水舀子水，让爹压压咳。

第二天黎明，梅子悄悄跑到豆腐坊，希望用劳动换2斤干豆腐。老板避讳旁人偷艺，当即回绝了她。梅子不甘心，厚着脸皮待在豆腐坊里，只要遇到能伸上手的活就默默地干。直到有一天，老板娘划伤了手，就同意梅子帮忙洗豆腐包。梅子的小手在水中，游着游着，心情愉快极了。那个秋天，梅子爹不止一次吃上了尖椒干豆腐，笑容常挂在脸上。

转眼，梅子读完初中。梅子爹整日地咳，很少出去打鱼了。梅子娘屋里屋外忙活，衰老得像别人眼中的祖母。梅子到 20 里外的砖厂打工，勤劳壮实得像个男丁。领到第一笔工资，梅子秤了 5 斤干豆腐、2 斤肉、1 斤二锅头。她要亲自下厨，给爹做肉炒的尖椒干豆腐！可惜，梅子爹没有尝到这难得的“美食”。那日，梅子爹算计着时间，想打一些鲜鱼，给大闺女补补身子，结果突然咳嗽得厉害，一口鲜血喷涌而出，栽到水库里，再也没有醒来……

此后很多年，梅子家的餐桌上，再也没出现过尖椒炒干豆腐。此后很多年，梅子娘几近精神失常，时而忘记梳头洗脸，俨然成为别人口中的“疯婆子”。梅子瞬间长大，操持家里家外大事小情。

20 岁那年，媒婆登门。瞅瞅比她高一头的大弟，疯癫的娘，刚上中学的小弟，梅子心里酸苦酸苦的。梅子咬牙说了礼金数，媒婆腾地从炕上跳下来：“狮子大张口！你们家全疯了！”自那以后，再也没有媒婆上门，梅子也不急，或种地，或打工，或去豆腐坊帮忙，然后用换来的豆腐渣养猪。等最小的弟弟也成家立业后，梅子开始招亲了，条件有二：带着娘一起出嫁；能帮自己开豆腐坊。

27 岁那年，梅子嫁到蔡家屯。男方叫小蔡，不傻不病不残，不吸烟不喝酒不赌博，就是“温顺柔弱穷”，用媒婆的话说“小菜一碟，登不了大雅之堂”。梅子反倒觉得人好就行，自己已经被生活磨砺得够“阳刚强悍”了，正需要一个“柔弱的他”互补。在梅子的指导和重压下，多年后小蔡忽然悟出一个道理：以前的自己，可能就是那又水又嫩的豆腐花，如今才渐渐地变成了一张有劲道的干豆腐。

30岁，梅子当妈了！梅子娘多年冰冻的母性，竟然被重新唤醒了，熟练地照顾着小外孙女，皱似树皮的瘦削脸庞，神奇般地泛起光泽。梅子含泪搂住娘，原来世上最好的偏方是“亲情的召唤”！

最近这些年，很多食客还会打包装箱，把干豆腐带给亲朋好友。每天数钱的时候，梅子就有些转不过弯；望着日新月异的家境，总有些感觉不真实。想起以前的苦日子，才发现——爹离开，竟然整整30年了！

黎明的光照进房间，梅子的视线模糊了。她走进厨房，将又薄又劲道的干豆腐切成条，与翠绿的尖椒快火爆炒，用适量的淀粉勾芡。绿黄相间，香辣适宜。把菜恭敬地端到爹的遗像前，梅子又斟满两杯二锅头，泪水混着酒水，是时候，跟爹聊聊几十年的城乡巨变，诉诉心中的苦辣酸甜……

《秋山红树》（国画）
刘　慧 | 河南大学第一附属医院
三等奖

折翼的天使

■尹慧

天使，折翼了。她从“天堂”瞬间跌入“炼狱”！

她强忍着剧痛，隐居山林，只为，断了人世间所有疼惜的目光。那道道关切的目光，就如一把把寒光闪闪的利剑，频频刺向她业已疼痛不已的心脏，她需要一个人迹罕至的处所，用自己的业力疗伤自愈，让遗忘掩埋辉煌的过往。

她，是一个天使，一个快乐的天使，一个世人眼中自带光环的天使。

她曾用与生俱来的甜美笑容感染身边每一个人，她曾用阳光普照的心胸去包容身边每一个人，她曾用力争上游的坚韧鼓舞身边的每一个人，她曾用虚怀若谷的品行影响身边的每一个人。

在父母眼里，她是乖巧女儿；在兄妹眼里，她是贴心姐妹；在老师眼里，她是超棒的学生；在同学眼里，她是极好的榜样。

每一次学年会考，都是她独占鳌头；每一次运动场上的角逐，都有她英姿勃发的身影；每一次五好学生和优秀学生干部评选，都是她摘取桂冠……

如此令人艳羡的一切，居然在她高考前夕，戛然而止！

当罪恶的车轮碾过她的身体，她渐次丰满、正待绽开的羽翼从此生生被折断！！

她错愕，她惊悚，她悲恸，她绝望，她茫然，她心如死灰……

3 年的与世隔绝，1000 多个日夜的身心煎熬，让她从一个活泼开朗的女孩变成沉默寡言的女子。

面对沉沉暗夜，她不知道天明的时候该怎么度过；面对夕阳西坠，她不晓得茫茫黑夜将如何捱尽……

可是，她做梦也没有想到，有一个人，3 年来，与她承受着同等的煎熬和折磨！

他是她同一学年的校友，与她学习成绩难分伯仲的帅气大男孩，只因为倾慕她的品行与才华，在她遭遇不幸以后，心痛不已，发疯似的找了她 3 年。

他能体会到她的苦痛、绝望，他能体会到她的无助、凄凉，他为她的飞来横祸扼腕，他排除重重阻力，决心为她的后半生撑出一片华盖，不遗余力。当他历尽千辛万苦，在东北林区的一个小村庄里找到她的时候，她被他的赤诚打动。“你什么都不用做，我来照顾你一辈子！”铮铮誓言一出，她冰冷的心便被这份炽热的情融化了。

他们组成了家庭，日子过得蜜一样甜，这蜜是用心疼和给予酿造的。白天他出去工作，她就坐在轮椅上做一些力所能及的家务，晚上他回到家的时候，看到井然有序的家，总会热泪盈眶，搂着她说：“有你真好！”她也总会捧着他的脸，深情地说：“为了我，你受苦了！”

有人说，当天使折断羽翼，她就无法回到天堂。只有一种方式可以，那就是遇到她的另一半，那样他们就能比翼双飞，相互紧拥，飞往梦中的天堂。

她舞动着被爱催生的新的翅膀，飞翔于爱的天堂，却有些不知足了。她觉得，这一生，如果她不为他做一件大事，就枉费了他对她痴迷的爱。这件大事便是：为他生一个孩子！

她的话一出口，“地震”了！

医生警告：高位截瘫的她，是绝对不可以怀孕生孩子的！除非你不要命了。

她却有十足的理由对付爱人："我的新生是你给的，我的快乐和幸福是你给的，我不可以自私到只考虑自己！爱，就要有结晶，爱你，就要为你留个后！"斩钉截铁，不容否认。

她，十月怀胎有多辛苦，可想而知；她，妊娠分娩有多危险，可想而知！

她两腮展露两个深深的酒窝，笑着安慰爱人和亲人："我没事！"轻描淡写的背后，堆砌着多少压力，谁人不知？

怎么会没事？妊娠期妇女血液处于高凝状态，截瘫的孕妇下肢活动受限，更容易形成下肢血栓；高位截瘫孕产妇泌尿系统的感染风险也比普通的孕妇要增高；高位截瘫孕产妇便秘问题会变得更加严重。高位截瘫孕产妇更容易引起仰卧位低血压综合征；高位截瘫孕产妇生产时更易导致胎儿宫内窘迫问题。

真的没事！

当响亮的男婴啼哭敲落了亲人心间的恐惧，当母子平安的报喜掀起了所有人狂欢的波澜，为爱痴迷的天使胜利了！她的坚强，她的果敢，她的镇定，她的无私无畏，令多少人动容！

月子里，她抱着她的宝贝儿子，亲吻着儿子细嫩的肌肤，心底涌出万般感激，她觉得上天对她厚待，赐予她优秀的爱人，赐予她健康的儿郎，赐予她第二次新生。这让她更加自信满满，海伦·凯勒的名言"信心是命运的主宰"，于此时坚定了她的人生信念。

她不曾忘记，她与爱人的情缘，起于对文学的爱好。

她是文科生，爱人是理科生，每次会考，爱人的作文分数都无法超越她，她的文笔与文风，成了他永远逾越不了的“天堑”。敬仰为媒，成就了一段佳话。

此刻，儿时的梦想又在她的心底复苏，她开始策划她的宏图伟略了。因为心底有太多的爱要释放，有太多的话要对爱人说，对亲人说，对社会说。

一发而不可收。

她倾注了满腔的爱，著作长篇小说《左手爱》，小说的男女主人公便是爱人与她的原型，在社会上引起强烈反响，成为代表作。

随后，陆续出版了散文集《向往天空》，诗集《红尘最深处相遇》，青少年读物《建筑是一次诗意旅行》等佳作。她以饱蘸深情的笔墨，记录生活点滴，讴歌真善美。这些充满正能量和大爱的作品，以清新、隽永的笔触，赢得广大读者的喜爱。走在艰苦卓绝的人生路，她把自己历练成一位知名的作家。2015 年《左手爱》入选吉林省全民阅读民生读本。报告文学集《奋斗的青春》入选“吉林省十大优秀民生读本”。

《童话世界》（素描）
麦健琳
广东电网有限责任公司清远供电局
优秀奖

外力，可以折断她的“翅膀”，却无论如何也拦不住理想之舟的狂飙！无法行走的人生，却可以让智慧的风帆远航！

国家教育部曾授予她“2014 事迹特别感人的百姓学习之星标兵”，她的家庭也曾被中国妇联授予“全国五好文明家庭”，吉林省妇联也曾授予她的家庭首届“十大最美家庭标兵”称号。

命运可以摧残她的身体，却无法阻挡她像太阳一样散发无穷的光和热。

这个浑身充满着无尽活力的奇女子，就是吉林省榆树市轮椅作家、中国作家协会会员李子燕，轮椅上传递爱和温暖的正能量，20 多年，不曾停歇。

折翼的天使，她的羽翼是用自信和不屈不挠的精神重塑的。

《廉》（工笔画）
肖　亚
贵州省农村信用合作联社金沙县联社
三等奖

马兰花开

■邹安音

岁末，时令大雪。朔风呼啸而至，望长城内外，华夏大地白茫茫一片。山不言河不语，鸟飞绝，虫无声，了无人迹，仿佛天地封冻。一个人，静静地围炉烹茶，手捧卷本。书韵悠悠，茶香氤氲，火苗腾跳。我国古代将大雪分为三候:“一候鹖鴠不鸣；二候虎始交；三候荔挺出。”“荔”为马兰草，即马兰花，还有马莲、旱蒲、马帚、铁扫帚等多种称呼，又俗称台湾草。据说它来源于台湾地区，耐寒耐旱，同中国东北的乌拉草和南美的巴拿马草齐名于世，被称为世界上的“三棵宝草”。看窗外，雪花仿若白色的精灵漫天飞舞，来自天宇，铺陈山川五岳，又潜入大地，涵养旷野，大地银装素裹。河面冰层在加宽加厚，树木不见风姿，花草失却了颜色，天地间一切静寂。可室内，沸腾的茶水撩动了我的心思：想想，在这静寂的白色天地中，在厚厚冰层的桎梏下，却有一股不可挡的热潮在涌动，那就是“荔”（马兰花）在汲取着天地精华，感受着春天的召唤，努力挺出冰天雪地，以待芳华再现。我的视线不禁随雪花无限延伸，思维和想象的空间也由此铺展开去。

去年春天，我行走在宁夏大地，走进了最能代表“江南梦里水乡”绰约风姿的塞上著名湿地公园——沙湖。

春光潋滟晴方好。公路边盛放的沙枣花沐浴着正午暖暖的阳光，袭来醉人的馨香。和风也送来鱼塘略带腥味的空气，夹携着鱼米水乡的家乡情融入我身心。我贪婪地注视着眼前的一切，绿油油的一片苞谷地，才露尖尖角的小荷，风吹叶动。我忘记了风沙的侵蚀，忘记了荒漠给肌肤带来的刺痛，只想朝着前方自由游弋的蓝天白云奔跑，融化在这一方天地中。

白云下面就是沙湖了。

湖边有一蓬青葱的草叶，尖尖的，密密的，连成片。中间是蓝色的小花朵，犹如星光般点点闪烁。

“那是什么花啊？”我不解地问。

“马兰花！”本地人说。

呵呵，它居然是马兰花，我俯下身子亲吻着小花朵，像久违的亲人！“小皮球，香蕉梨，马兰花开二十一，二五六，二五七，二八二九三十一……”我手拉皮筋一边蹦跳着，一边歌唱着——这是童年的记忆，很温馨。那时候的我做梦都不会想到，有一天我会到北方宁夏荒漠之地，与这在南方的竹林里被传唱着的马兰花相遇！我的心灵顿时温润如玉，仿佛有一丛丛翠绿的马兰花在生长、在簇拥。

那天我走过沙湖的栈桥，看到了人生中难得一见的别致风景。那是几座金黄色的沙丘，沙丘中间，是青草翠微的湿地，其上有蓝莹莹的小花朵星星般闪烁，那应该就是马兰花吧？远处，贺兰山的脊骨若隐若现。那山，那丘，那湖，那花和树，就这样完美地构成一幅立体的水墨画，诠释着塞上明珠的风情。而那些赤足奔跑在沙地中的孩子们，则是天地中最动人的风景。他们来自世界各地，有着不同的肤色和语言，但是所有孩子都快乐地融化在这一方天地里。贺兰山下，南北方风物也在此交融，演绎出浓浓的华夏风情。

滚滚红尘，风沙漫漫，何尝不是眼前这一幕变化多端的场景。追忆逝水年华，儿时刻骨铭心的记忆，不可缺少的还有露天影院带来的欢乐，或者爱恨。抚摸着马兰花长长的叶子，我想起了一部叫《马兰花》的电影，它占据着我整个童年的记忆。“马兰花，马兰花，风吹雨打都不怕，我要你马上就开花！”至今仍然记得影片中的几句台词和片段，那纯洁无瑕的花朵，只要面对邪恶势力，它就拒绝开花；相反，面对美好，它却义无反顾地倾尽芳华！忠诚和道义，善良和邪恶，就这样播种到了我幼小的心田里。

今天的马兰花，根植于贺兰山下，生长在黄河岸边，长长的叶片舒卷，编织着新的故事和传奇。我不知道它的踪迹会遍布祖国四面八方，甚至到了北方之北和南方之南。

同年夏天的一天，追寻着《鼓浪屿之歌》的音符，我有幸来到福建厦门。海风、椰树、帆船、浪花……午后，太阳炽热，我走进鲜花盛开的鼓浪屿，走过长长的小巷子，在一处青藤爬满小屋的拐角，伫立在一处挂满漂亮草帽

《摇曳》（水粉画）
宋新影 | 黑龙江省农垦建三江管理局八五九农场学校
优秀奖

的巷道。我拿了一顶黄色的帽子，只因卖草帽的大姐告诉我，这是用马兰草编织的。那会儿，我不免心动，想起了宁夏沙湖的马兰花，想起了《马兰花》电影中花开的镜头……我兴致勃勃地戴上草帽，再看岛屿上每一户人家窗台上的草木，仿佛都有马兰花的英姿。我哼着《鼓浪屿之歌》，想要倾听音乐般的海涛声，隔峡望一望海那边的岛屿。那天我登上岛屿最高处，看大海中帆来帆去，沙滩上游人如织，眼睛竟然湿润。

回眸低首，炉内茶声响，像人低语，也像书的注解。原来，沙湖的马兰花和鼓浪屿的马兰草来自同一个地方，它们都耐寒耐旱。我看的书是一本描述中华传承节令的书，书名是《春夏秋冬》。多么好的大雪天！

雪纷纷扬扬，有谁知道，此时的马兰花正吸取天地之阳气而努力挺出大地。犹如青松："大雪压青松，青松挺且直。"一个"挺"字，彰显了天地万物此时的风华，这是自然界具象的"挺"。长城内外，九州方圆，青藏铁路——天路直通西藏雪域高原，这是中华大地的"挺"。宇宙茫茫，神舟飞船翱翔，这是中国向世界的"挺"……它们一如马兰花，挺住了天寒地冻，挺来了芳华岁月，挺出了灿烂星河。

春天就要来了，是马兰花最先带来了讯息！

咖啡馆与诗

■孙昱莹

记忆里有一个遥远的清晨，仿佛是诗句中说的“梦里不知身是客”，醒来之后，置身何处，所为何事，竟然有瞬时的迷惑。

缓过神来，想起此处是北京，一座对我来说过于庞大的城市。

清晨那般明媚可爱，迷濛的雾气弥漫着街道，微冷的清风能一直吹进心里，洗涤隔夜的倦意。远处缥缈的铃声会让你感觉置身在一个纯净的安逸的世界里。

那是2011年秋，我到北京的第二天。

当时的我，辞去了毕业后第一份工作，只身来到北京，参加鲁迅文学院英语班的培训。从火车站打车到育慧南路，候车排了长长的队伍，好不容易坐上车进了东二环，又是一步一停地拥堵。和北京的庞大相反，我住的单人宿舍小而简单，一面窗，一张床，一张写字桌，一把椅子，很适合独居者写作。我就想，这里挺好，容得下梦想，禁得起漂泊，能有段静谧的不被打扰的时光去写小说。但是，处在事业空窗期，焦虑感总是时不时萦绕在心头，夜里反复梦魇，清晨醒来经常发懵。

同学里，内蒙古青年诗人晶达和陕西作家杨则纬，与我年龄相仿，我们仨很快熟识起来。我那时正在写长篇小说，不上课的时间里，就蜗居在宿舍码字，偶尔到晶达的房间里，和她聊天。她给我看她的诗歌——《我是一颗熟了的核桃》，说写诗能让她心灵沉静，忘却烦恼。她喜欢诗歌，也写小说，我们俩坐在一起，总有说不完的话题。北京是那么喧嚣，那么繁华，寄居于这座城市里，我们在家乡的声名和成绩都不值一提，我们更像是从零开始走进文学的小学生，忽然从出发时的意气风发，变得懵懂。那时的我们，或多或少为未来的不确定性感到迷惘。我俩都是抛下工作，来鲁院学习，希望通过和名家们学习，提高自己的写作水平，写出好作品。以后的路会怎么走，能写出什么样的作品，俨然是个未知数，难以解答。未知总是容易让人产生畏惧，踟蹰和茫然感接踵而来，我一边与愈发敏感的情绪作斗争，一边和晶达、杨则纬一起探讨文学问题。诗和远方，像塞壬的歌声，诱惑我们执着地追求。

《牡丹》（绢上工笔画）
张　红
中国铁路成都局集团公司
成都北车辆段
二等奖

杨则纬那会儿正在读硕士，满心都是她的毕业论文和不断被催稿的小说。我们 3 个人早上一起上课，中午一起吃饭，但是下午放学后，杨则纬晚饭也不顾，就背起笔记本电脑直接去五道口的雕刻时光咖啡馆。我不明白，宿舍又近又安静，为什么非得顶着凛冽的北风，走过两条马路，穿越车水马龙去咖啡馆写东西呢？她说在咖啡馆里心境不同，品尝的咖啡味道也好，而且还能听到很多有趣的故事。我只喝过速溶咖啡，以前对味道没有多少挑剔，受到则纬的影响，一时对咖啡馆产生了好奇。恰好宿舍楼下就有一家，我也去体验了一回。那个夜晚，外面是紧裹大衣的行人，我坐在柔软的橙红色沙发里，端着一杯美式咖啡，整个屋子里弥漫着温暖的味道，正如后来则纬在小说《躲在星巴克的猫》里写的那样。桌前是淡黄色的灯光，耳畔是懒懒洋洋的英文抒情小调，我在宿舍里苦憋了半天的思绪突然涌起，敲起字来，竟非常流畅。美好的事物能激起灵感，也难怪则纬也和奥地利作家茨威格一样“不是在咖啡馆里，就在去咖啡馆的路上”了。她拥有一方努力飞翔的天地，那是她成就梦想的地方。

从那以后，我也喜欢上了在咖啡馆里写东西，而且一坐就是一整晚，在那里我完成了《遥遥草原梦》这本书的写作。文字让我的内心感到平静、安逸，同时又涌动着力量。尽管在老家亲朋中，依然有一些人固守着女孩就该找份稳定工作，老老实实结婚这样的想法，对我坚持的文学道路既不看好，也不理解。我并不在意。创作有直抵灵魂的快乐，就算我没有什么天赋，也愿意为喜欢的事情奋不顾身。更何况，在鲁院的日子，我们有幸见到了像莫言、贾平凹、陈忠实、王安忆这样的名家，也认识了很多和我们一样心怀文学梦想的青年作家。北京让我有过孤独，有过惶恐，有过自卑，也让我肆无忌惮释放着内心对文学的热忱和渴望，拥有一段轰轰烈烈的回忆。

不久前整理书架的时候，看到杨则纬寄给我的新书《于是去旅行》混在了当代作家架子上，我把它抽出来，挪到友人签赠的那格。那格里已经有她的小说《我只有北方和你》，旁边是晶达的《青刺》，还有顾建平的《无尽藏》，程青的《发烧》，陈典松的《詹天佑》，戴荣里的《欲望都市》，朱文颖的《莉莉姨妈的细小南方》，叶炜的《后土》……鲁院同学们的作品，像是我的精酿珍藏，也是我不断绵延的确幸。多年后的今天，我依然怀念那段一起奋斗过的日子，那段与文学有关的日子，左手流淌咖啡馆的温暖，右手融化诗的清冽，为梦想叙事，为青春抒情。

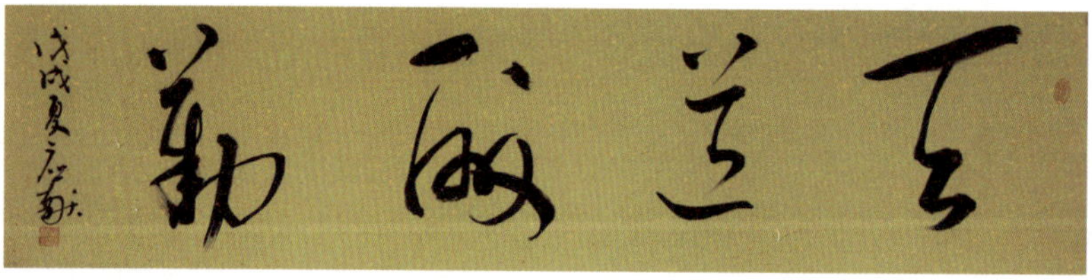

《天道酬勤》（草书）
喻应献 ｜ 湖南省地质矿产勘查开发局四〇三队
优秀奖

爱拼才会赢

■文雪梅

那天下乡，路过自己曾经工作过的镇畜牧兽医站，回想自己离开畜牧系统已有好多年了。我站在兽医站外，想起那些留在光阴深处的过往，竟还有一丝淡淡的温馨。

那年，22 岁的我刚走出大学校门，高不成低不就的我找了好久的工作也没找到合适的，索性待业在家。有一天，父亲对我说：“听说，县上要从大学毕业生中招考工作人员，你去试试吧！”父亲的话，唤醒了低迷的我。于是，我打起精神，报名并参加了考试。想不到，竟然以全县第一名的成绩考进县畜牧系统。

不久，就接到上班的正式通知。说实话，我是不情愿去基层畜牧兽医站工作的。心想，我一个女孩子，若能找个体面一点儿的工作那该多好，可如今却要到那个“掰牛牙叉骨，看驴脸”的单位上班。食之无味，弃之可惜。面对残酷的现实，辗转反侧几天之后，我再三掂量，最终还是硬着头皮跟着父亲去单位报到。

父亲在路上告诉我，因为成绩好，自己分配的单位算是条件最好的了，一定要好好珍惜。可是，到了新单位，眼前的一切还是令我失望，破败的三层小楼，简陋的单身宿舍，斑驳的门窗。那木制的药架透着岁月的斑痕，院子里飘散着牲口粪便的恶臭味。匆匆办理完手续，望着父亲离去的背影，我伫立在无人的角落里默默流泪，想着，以后一个人的生活该怎样过呢？

后来的工作中，我学着适应新环境、新面孔，习惯那些中药的味道，慢慢地掌握了一些药物的习性和药理知识，迫使自己渐渐熟悉畜牧业务。起初，面对上门的顾客，我会因不熟悉抓药流程而手忙脚乱，也会傻傻地看老兽医拿着粗得看起来很夸张的针头给牛、羊打针。有时候，我会禁不住伸手抚摸那些生病的小猫、小狗，当指尖划过细细的绒毛，感触着小动物微弱的呼吸，给它们一丝爱的抚慰时，我的心里是暖暖的。但是，这份工作带给我更多的还是枯燥和乏味。夜深人静，单身宿舍里死一样的寂静，我望着天花板静静地发呆，内心很是落寞和孤独。在心里，我一遍又一遍问自己，难道我的青春就这样度过吗？

我努力让自己喜欢上这份工作，可是每月只能领到少得可怜的几百元工资时，我内心严重失衡，有种说不出的酸楚。

一次，我委屈地把自己的近况告诉我的大学闺密。她问我：“你对目前的工作满意吗？”我想都没想就答：“谈不上满意不满意，闲余时间很多，很轻松，就是挣得银子不够花！”博学多才的闺密听后，笑着说：“网络上有这样一句话：‘20 岁的贪玩，造就了 30 岁的无奈。30 岁的无奈，导致了 40 岁的无为！ 40 岁的无为，奠定了 50 岁的失败。最终酿造了一辈子的碌碌无为！’成功的人生等不得，请不要在该奋斗的年龄选择安逸！从现在开始，给自己找个努力的理由吧！”闺密一席语重心长的话，让我顿时醒悟。

于是，我给自己制订了报考国家公务员的计划，买来了复习的书籍，开始埋头学习。当同事们在一起晒太阳，无所事事聊天时，我却一头钻在宿舍里，抱着书本如饥似渴地学习。晚上，同事们在那台落满灰尘的电视机前哈

《出港》(油画)
曹红丽 | 山东省广播电视大学
二等奖

哈大笑时，我依然坐在桌前，伏案苦读，一直到深夜。我总觉得时间不够用，谢绝聚会和外出旅游，把可用的时间都用在读书学习上，自己如同一匹不知疲倦的骏马，一直奔跑在梦想的路上。

其实，我的工作很简单，无非就是守药店，平时除过取兽医开的处方药外，就是卖些零药，没业务时都是闲着，但药店的门必须按时开关。夏天还好，冬天就难熬了，早上 8 点钟一上班打开门，北风就呼呼灌进来，冻得我牙齿咯咯作响。

长期熬夜看书，使我的视力越来越差，记性也不好，常常丢三落四，工作上也时常出差错。有一次，老站长递给我一个处方让我取药。当我按照处方上写的，把那些瓶瓶罐罐递给老站长时，他看了看，皱起眉头，严厉地说："错

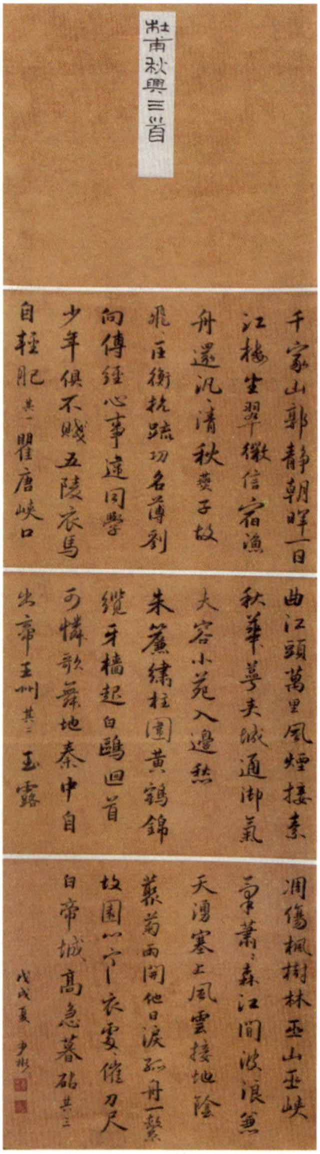

《杜甫 · 秋兴（三首）》（行书）
李少彬
广东电网有限责任公司
揭阳供电局
二等奖

了，是 10% 的糖，不是 5%，是糖盐水，不是生理盐水……你呀, 就是个书呆子, 你的心里只有书，年纪轻轻，整天浑浑噩噩的，真是无药可救。”听了老站长的话, 看着他冷若冰霜的脸, 我无言以对。

上班时站长是不允许我看书的，我常常趁他不在，就拿出书偷偷看。那个冬天，白天在药店里偷着看书，晚上，当别人进入梦乡时，我则趴在被窝里安静地看书。单位的同事得知我要参加公务员考试的消息时，老会计不屑一顾地说：“她能考上，太阳就从西边出来了！还不是给人家陪考打醮水！”话里话外全是嘲讽。

“天行健，君子以自强不息。”春天来了，我信心满满地参加全省公务员考试。让我想不到是，竟然被录取了。激动兴奋之余，再看看自己，体重从 120 斤降到 92 斤，整个人瘦得不成样子了。爱拼才会赢。逐梦的路上，其实就是拼搏的过程。我为了梦想，拼尽了全力，最终收获了喜悦。

如今，我拥有了一份自己喜欢的工作，虽然每天很忙、很辛苦，但，累并快乐着。在工作中，有时也会遇到一些意想不到的困难和挫折，每当这时，就会想起在基层兽医站备考公务员的日子，顿时我就有了战胜困难和挫折的信心与勇气。

富贵贫贱，各有其时

■李菁

人们常说：“穷人的孩子早当家。”

出生于湖北农村的三清，自小便懂得这个道理，从7岁开始，身体弱小的她便开始与农田打交道，跟随父亲下地干农活。

春季播种，夏季“双抢”，秋季收割，冬天仍有耕种。春天还好，但是到了每年的七八月份，既是最酷热又是最繁忙的季节，刚收完麦子，紧接着要收割早稻、移栽晚稻，中间还夹杂着稻谷的脱粒、晾晒、入库……每日面朝黄土背朝天、高温炙烤，劳作的艰辛让三清的日子很是难捱。藏身于稻海里的她，像是一只沾湿了翅膀的小鸟，在水面上使劲地扑腾、挣扎，可仍无法脱离水面。

后来三清对这段艰苦的日子总结道：“贫穷塑造了我坚韧、不服输、能吃苦、不怕脏累的品质。”

这种坚韧、吃苦耐劳的品质也体现在她的学业上。尽管田地劳作令她身心疲惫，但一有空闲时间，她就会读书学习。在她的观念里，改变命运、脱离贫穷的唯一方法便是读书。

当时的农村，家里孩子多，生活拮据，很多女孩子上完小学、初中或者没毕业就会留在家里，要么干农活，要么外出打工，帮父母减轻负担，支持家里的男孩子继续上学。对于三清家里捉襟见肘的生活现状，邻居纷纷劝说父母不要让她再读书，父亲也放出狠话："要是没考上红一中（红安县重点高中），那就不要读了，实在供不起。"只有非常疼爱她的奶奶一如既往地支持她："只要她读得进去，我就要供她！"得来不易的学习机会让三清甚是珍惜，学习更加勤奋刻苦，每次下晚自习后，她留在教室里点蜡烛继续学习；回宿舍后，她借着床头微弱的灯光继续看书。读初中的3年中，光蜡烛她就用掉了几十包。

功夫不负有心人。3年后，三清如愿考入了武汉工程大学国际经济与贸易专业，而这也为她打开了人生的另一扇门。

但这扇门推开也颇为沉重。由于家庭的贫穷，来到大学的三清首要面对的困难便是高昂的学费和生活费，但又有什么能够击退一颗进取之心呢？大学四年，她做过很多的兼职，每天50元钱替商家发传单，当家教，做老师助理，在学校食堂做帮工，每个寒暑假去西餐厅做服务员……大学四年，她靠兼职挣了15000多元。

兼职之余，三清丝毫没有荒废自己的学业，在班里学习成绩一直名列前茅，甚至有两次专业第一名，为此拿了四次奖学金，两次一等奖，一次国家奖学金，还有一次二等奖。

尽管三清那么优秀，但当时的她内心很自卑。她最怕在做兼职时被同学、熟人看到，害怕被看到时那种惊讶、鄙夷、轻蔑的目光，每每想到这些她就如芒在背，所以每次出门她都会戴着口罩、帽子，尽量低着头。令她没想到的是，大家知道了她的情况后，班主任老师特意为此事开了一次班会。老师和同学们纷纷帮助她，让她感受到阳光般的温暖，更加给了她勇气和动力。

毕业后，她到浙江一家企业做外贸，并结识了自己的丈夫。小富靠勤，大富靠命。她与丈夫通过努力，有了属于自己的房子，有藏书超过1000本的书房，小日子过得很幸福。

每个人的起点不同，有人费尽千辛万苦才来到罗马，而有的人本就生在罗马。无须埋怨，老天如此安排总有道理，也许是想给你更多的机会。对三清而言，因为贫穷，她更加懂得了努力的意义。她常常想起父亲说的话："虾有虾路，蟹有蟹道。每个人都有自己谋生的本领，只要勤快肯干，我们不会一直穷下去。"

三清的人生，从此就这样平平淡淡过一辈子吗？

不，故事还在继续。

已为人母的三清回到婆家张家界做全职太太。期间她没有让自己闲下来，重拾写作爱好。本就喜爱写作的她，大学时经常会利用闲暇时间写一些散文、诗歌、报告文学等。但当时生活所迫，写作并不系统，如今正好可以借此机会重拾爱好。三清开始广泛阅读，大量练笔，自由创作的序幕由此拉开。

三四年的时间里，她先后在国家、省、市级报刊发表文学作品数百篇、报告文学 30 多篇，多篇小说、散文获奖，并成为湖南省作家协会会员、张家界市诗歌学会会员，2018 年出版了自己的散

《仿〈天光云景图〉》（山水画）
詹梦琳
四川机场集团安检站护卫部
优秀奖

文集《漫步紫竹林》。

三清是不“安分”的。她不甘于永远做全职太太，寻思重回职场。她利用写作这一特长，很快成为新闻记者、编辑，应新土家风首创者、张家界市永定区文联负责人鲁絮先生邀请，开始担任苏木绰文化微信公众号唯一的编辑。每一期，她都精心编辑、精心设计版面。一分耕耘一分收获，苏木绰文化微信公众号创建不到一年，就进入了欧洲、非洲、北美洲、澳洲（大洋洲）等地“华侨华人圈”，引起很多华侨华人对“苏木绰”的关注……后来，三清通过张家界市永定区事业单位公开招聘考试，进入体制内。

三清的故事还未结束。

业余时间，三清开创了个人原创文学微信公众号，根据自身的贫穷经历和感悟写就的一篇文章《爸爸，为什么我们这么辛苦却还是很穷？》获得了亿万点击量。

成功的背后是血汗的堆积，富足的背后是不甘于贫穷的奋起。董卿曾说过：“如果你真心想做好一件事，整个宇宙都会为你让步。”上帝总是偏爱努力的人，贫穷并没有让三清自暴自弃、止步不前，反而激励她对人生抱以积极的态度，脚踏实地，一步一个脚印地走好人生每一步。这一路走来，她收获的不仅仅是掌声，还有内心的丰盈以及自我的圆满。

富贵贫贱，各有其时。永远的富贵是不断地学习，充实内在，让自己无论何时何地无畏风霜严寒，一往无前。

那么，世界，在你手里。

美丽的骨

不搏雄强，不争伟岸。美丽的骨，完具人性的硬度。

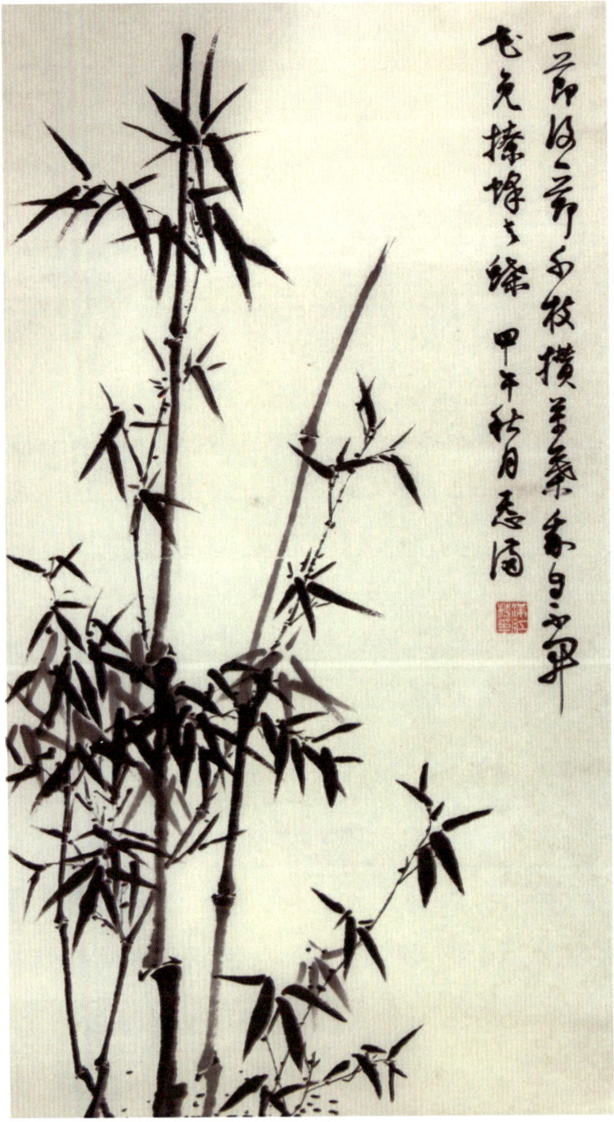

《竹》（国画）
满红梅 | 淮北矿业集团双龙公司
优秀奖

金雀花开在荒山上

■辛茜

5月，喜鹊似的金雀花，张开小嘴开满山坡。

一位叫谢静的女子，在西宁郊外的荒山上，留下了漫长而艰辛的绿化梦……

18年前的秋天，披着长长的浓密卷发，月亮般微笑着的谢静站在三四层楼高的垃圾堆前，垃圾后是影影绰绰、苍苍茫茫的大山火烧沟，她与彭家寨村、城西区政府刚刚签订合同，承包下来的近一万亩荒山。

一个月后，470万元的国槐、白蜡、青杨从银川运到了荒山上。白云下，滚烫的太阳注视着山上忙碌的人，100多位民工，把3米高的树苗，齐刷刷种在了荒山上。

冬天过去了，4月的天晴朗、通透、深蓝。她迫不及待地上了山。但，眼前的景象让她目瞪口呆。栗色的树干粗粝无光，没有一棵树发出她期待的嫩芽。这是林业专家、山下老百姓预料中的事。他们或许有过忠告，但激情满怀、自负清高、无所畏惧的她怎么能听得进去。她的脑子有些发蒙，回不过神。她不明白，辛辛苦苦种下的树怎么会全部死掉。一年变成大森林的期望，真是荒诞不经、惹人发笑的白日梦吗？

有人说，想在严重缺水、干枯焦渴的青海荒山上种树，必须解决水的问题，要让水上山，务必清理掉横在大山面前的这堆垃圾。然而，清理垃圾的工作同样超出了谢静的想象，仅搬运、填埋垃圾就耗去了上千万资金。那一刻，她几乎崩溃，和租来的推土机、挖掘机一刻不停地工作不说，更让她气恼的是，好不容易清理出一条上山的路，第二天，不知哪里来的一车车垃圾又倒在了山脚下。第三天、第四天，天天如此。

这一回，满身黄土、蓬头垢面的谢静实在忍不住，一屁股坐在山脚下失声痛哭……

黄昏降临，泪水布满了谢静晒得黑红的脸庞，痴痴向往的绿色梦究竟在哪里呢？她不过是想让村里的孩子不用踩着垃圾去上学；想让彭家寨村的人不再当吸尘器；想让自己徜徉在美丽的大花园，享受成功的喜悦、庄严的成就感，更希望这座城市的天空会因为她的付出、她的努力，散发出香甜的气息。

第二天，擦干泪水的谢静打起精神，雇来更多的人修路，修一条从公路直接通往山上的路。同时，她又购进 42 万株红柳、52 万棵黑刺，雇了 60 位民工上了山。

望着成片的新树林，谢静又一次充满期待。可是，熬过漫长的冬天后，比风雪更让她心寒的是，轰轰烈烈种下的树又死了，一棵没活。

高寒干旱少雨的火烧沟，满山遍野不易吸收水分的湿陷性黄土，干燥的程度难以想象，越往下挖越干，一点湿气也见不着，比在沙漠上植树都困难。她静下心来。两年来，自己近乎疯狂的行为已经花费了近两千万。如果放弃，可以马上回到原来的生活，干自己熟络的事。可谢静是一个从小喜欢自己做主，执拗、倔强的人，实在不甘心。

这一次，她买来拳头大小的树苗国槐、白蜡、垂柳、侧柏、新疆白杨、河北白杨、黑刺、红柳、丝棉木。雇来拖拉机一桶一桶往山上拉水，每种下一棵树就浇透一棵树，刚浇完一轮，回过头赶紧浇第二次，一刻也不敢懈怠。就在这时，因为非典，火烧沟垃圾场被城西区政府正式宣布取缔，人们再也不能毫无顾忌、心安理得地把垃圾倒在这里。谢静高兴地一口气跑下山，看着山下被自己填埋修整好的 300 亩地，心里像照进了一缕阳光。绿化指挥部副总指挥尕布龙，也似乎猜透了她的心思，雪中送炭般派人送来 1000 棵树苗，让谢静种下，成了一片绿莹莹的苗圃基地。

那是 2003 年春天，谢静渴望的心，似闪耀的星星，在微明的晨光中颤抖。天亮了，光影明媚，白杨、红柳、云杉发出了青翠的嫩芽。她抚摸着泛青的树枝，泣不成声。

就在谢静充满成功喜悦，想象、憧憬、编织未来的时候，老天爷再一次让这个无知无畏的女人接受了严峻的考验。吐出绿叶的红柳、白杨、云杉、柠条经过一个夏天的暴晒后，全军覆没。

这是天大的灾难啊！谢静欲哭无泪，挫

《青春 · 梦》（水彩画）
张晓磊
黑龙江省农垦建三江管理局
八五九农场学校
优秀奖

败感排山倒海。她不理解，上苍为何对她如此残酷无情，就在同时，与他相守三载，支持她、帮助她实现绿化梦的男友，实在受不了接二连三的失败，离她而去。

她绝望地徘徊在山路上，心如刀绞，泪水涟涟。就在这时，她突然发现，没找设计师、工程师，让推土机和挖掘机师傅凭自己感觉在山上修出的小路，竟成了通往各山头的连环路。对面好友殷金山，比他早一年承包的元宝山已是绿意盎然，而自己脚下伸出的一道山梁，竟显出了神龟的模样。更为惊奇的是，经她清理垃圾后，种下树苗的两座山峰，像伸展双翅的巨大蝙蝠，正欲腾空起飞。

《以诗为妆》（隶书）
汪海燕 ｜ 安徽省马鞍山市新三馆
三等奖

是冥冥之中，命运对她的有意安排，还是谢静这个固执顽强的女人感动了上苍，让传说中扑灭火烧沟大火、降下天雨的鳌龟、神蝠显灵，为她助威。谢静破涕为笑，她知道，自己的感情、身体、灵魂，都难以割舍这座寂寥的荒山。

她卖掉 300 多平方米的房子，搬到一间 50 平方米的出租屋。她要用这笔钱在后山上修一条30公里的盘山路,引水上山。她要修一个大大的蓄水池,浇灌树苗。她需要奇迹,需要令自己活下去继续拼搏的勇气。想不到的是,这奇迹终于发生了。

她请教专家,摸索出了一套征服这座荒山的土办法。首先依山势修筑梯形水平沟,在水平沟内挖1米深的树坑,填埋老鼠洞,放满水。然后,种树、埋土、踩实。浇水后,再复坑、添土。如此反复,持续浇水,既防止渗漏,又可堵住树根缝隙,避免进风,不至于使树苗干枯致死。就这样,自她承包这片荒山,9年后的春天,一条盘山路蜿蜒而上,路两边的河北青杨、油松、山杏、沙枣、红柳、榆树、柳树、沙棘、丁香越长越高、越长越壮,柠条、榆叶梅、连翘、荷兰菊、三角梅、万寿菊发出了馥郁的馨香。

有一天,谢静和民工们在山上一起浇水灌溉,剪枝修叉,累了就坐在土塄坎上,呆呆地望着蓝天。这时,她发现,她有意种植,渴望加工成饲料的柠条上,金黄色的金雀花格外明艳。她闻了闻,忍不住摘下一朵放进嘴里,品尝着独有的味道。不知为何,心里猛然一动。这小巧玲珑的金雀花,从未打过农药,也不曾使用过化肥,为什么不见一个虫子烦扰?又为什么开得如此繁茂?如果能够食用,或者泡茶饮用,就可以开发成花草茶,让更多的人享用。

好奇的谢静带着一线希望,来到高原生物研究所。经过化验,得出结论,金雀花纯中药,本身带抗菌成分,含黄铜、维生素、蛋白质和碳水化合物,对人体非常有益,民间一直食用。同时,柠条乃野生黄芪属,根深几十米,自古便在西北地区起着固沙固土的作用。

很快,谢静在山下建好清洗、烘焙车间,启动了初具规模的金雀花花茶项目。通过专业部门检验，在朋友和好心人的帮助下，第一批包装好的金雀花行销北京，当年就带来了利润。

谢静百感交集。她的心平静了，安定了。为什么每当困难来袭，每当失意沮丧，这座令她万分痛苦又万分不舍的大山，总会赐给她意想不到惊奇，给予她坚守荒山的勇气。

18 年来，谢静是幸运的！她走过了从热爱自我、热爱他人，到热爱这个世界，抵达精神领域的高峰。18 年来，她是幸福的！她一如既往地保持着执着、奋斗、愉悦，一颗好奇、善良、平衡的心。

在她眼里，世界不再喧嚣，稳固而踏实。金雀花在风中摇摆，散发着奇香。她的双手不再细腻、头发不再光滑，肩周炎、腰肌劳损的病痛不时折磨着她。可是，她的心是甜的，美的，她的眼睛是雪亮的。她像一只飞来飞去的燕子，不知疲倦地在树丛中，衔来泥草筑窝、引来泉水浇灌，从白天到黑夜、从春天到秋天。

2012 年，中华全国总工会授予谢静全国“五一劳动奖章”。

那一刻，她感到，当她把生命融进这座大山，把汗水和泪水当成自酿的蜂蜜喝下去，浸透在心里的，便是无上的慈悲与光荣。

大森林的梦还在远方。她无怨无悔，她尽力了！

土家女子逐梦行

■张昱煜

6 年前的 4 月，一夜之间，吉安荣威生物科技有限公司就和吉安这块红土地“私订了终身”。当月修葺了厂房，当月安装好机械设备，第二个月就投产，为国家纳税，这比“深圳速度”还“深圳速度”。让我们走近公司董事长叶群英的追梦岁月。

1977 年秋天，叶群英出生于重庆市万州区云阳县清水土家族乡一个贫困家庭。父亲英年早逝，家里姐妹多，母亲一个人既当爹又当妈，苦心竭力把她们抚养成人。因为家贫，几个姐姐都没有读多少书。从读小学起，叶群英就到山上砍柴火，担上几十里山路去圩镇换钱，脚起泡了，肩膀磨红了，汗水湿透了衣衫，这些，都不是困难。有时候，一担柴才卖 1 毛钱，就这样，读书几年间，她都是靠自己的双手勤工俭学赚学费。她很庆幸，自己比几个姐姐幸福，有书读。因为家庭贫困，又因为她天资聪慧，读小学和初中，她都跳级了。小小年纪的她，特别懂事，她说，能少读一年，就少花费家里的钱，母亲的负担就轻一点儿，她心里舒服一点儿。

就这样，一路辛苦，一路坚持，一路努力，她的学习成绩在班里总是名列前茅。她没有辜负老师和家人的希冀，跳出龙门，考上了重庆大学法律系，成为小山村里为数不多的大学生。

苦难是什么？苦难，应该是土壤，只有在上面洒下汗水的人，只有用心耕耘的人，才能收获到苦难开出的娇美花朵。

大学毕业后，她分配到重庆市云阳县，先后在乡镇从事计划生育办公室和党政办工作。乡镇生活是万花筒，乡镇干部也是万金油，尽管远离温馨的家，凭着她一贯的工作态度，她总是把工作做到最好。

后来，组织把她调到万州区牌楼街道办事处，主要负责民政、扶贫等工作。再后来被调到袁家墩办事处，担任副主任。

2005年，是决定叶群英人生最关键的一年，面对收入稳定的“铁饭碗”，是继续端着它一直干下去，还是翻开新的一页，写下最美的篇章。如何决定？如何选择？她一下子没有了主意。回到家，她向老母亲征求意见。母亲说，只要你觉得哪样事你干得舒心，就去干，我永远支持你。

那时孩子还小，爱人从一个企业单位下岗，她这个不服输的川妹子，很想拼搏一番。于是，她应聘到浙江仙居药业，从一个默默无闻的业务员干起，一直做到副总经理的位置。5年间，她凭借一颗执着的上进心，不断向同事学习，凭借勤学苦干的精神，把各个部门的管理经验、生产经验和销售经验统统学会。用她的话讲，这5年，她以公司为家，一门心思为单位多奉献。她说，即便是一个门卫让她帮忙做公司的事情，她都乐意做。看着公司不断发展壮大，她心里非常自豪。

她工作的药业公司规模很大，产品销路很好。可是，困扰全厂职工的一个难题，就是其中一种原材料一直依赖进口。依赖进口有很大一个缺点就是产品的供应问题，有时候，这边等着生产，那边原材料却迟迟没有发货，药业公司只好停工等货，浪费了大量的财力物力。

她暗自着急，向董事长请命，依托高校的技术支持，还有自身的经验，希望能自主研发出这种原材料，从而摆脱进口的束缚。董事长十分赞成她的想法和建议，觉得依靠自身的力量，拿下原材料的生产，是企业长足发展的有力保障。

拜访同行同事，向他们学习先进的管理经验和技术。多少次，她三顾茅庐，只为请到最有权威的大专院校的博士教授；多少次，月亮西沉，她依然加班加点奋战在实验室；多少次，她开车去机场接专家学者，把儿子放在车上，她心疼孩子，可她没有办法，她不能让孩子在黑夜里醒来，没有看到妈妈。懂事的孩子说，妈妈，我要快点儿快点儿长大，我长大了，能赚钱了，您就不用这么辛苦了，能吃顿好饭，睡个好觉。她心里感到内疚，却还是毅然决然进入最佳工作状态。那时候，她脑子里所想的，就是要把这个制约企业发展的产品拿下来。

《背影》（国画）
倪　琳
云南省昆明市盘龙区青云小学
三等奖

苦心人，天不负。终于，五年磨一剑，药业公司终于能够用羊毛脂提取胆固醇，解决了药厂生产这种原材料了。此项技术，填补了中国人 30 年来只能依靠进口的空白。

一个偶然而具有戏剧性的机会，让她对红土地一见钟情。

2012 年 4 月，江南的春天格外迷人。叶群英陪着好姐妹来江西吉安访亲会友。刚好，一个老板的一栋废旧的厂房想易主。

叶群英看了废旧的厂房，并不是十分满意。晚上，她难以入眠，考虑到药厂亟待找一处厂房，自主生产胆固醇。内心焦急的她，于是做了个决定，买下这个废旧的厂房以解燃眉之急。她立马打电话跟那个老板联系，半个小时，就拍板了。出售厂房的老板再一次问她，现在反悔还来得及，要她考虑再三。她义无反顾地说，这是深思熟虑的决定，不反悔。就这样，2012 年，叶群英独立成立了现在的吉安荣威生物科技有限公司。当月，机械设备安装到位，安置大量农村剩余劳动力，第二个月投入生产，为国家交税了。这些年，荣威凭着科技支撑，业务稳定，利润相当可观。富而不忘回报社会，她带领员工，为敬老院和学校献爱心，捐款捐物，用她朴素的话讲：大家好，才是真的好！

孺子高风何处觅？爱如朗月心从容。从农家子弟到国家干部、从白手起家到资产丰盈，企业的经营、参政议政、社会责任、个人自律等各方面都广受尊重。

关于公司的名字“荣威”，她这样解释说，当时注册的时候，女人办公司，是这样考虑的，不仅要有一个大气的名字，还要有小女人的情怀，把“女”藏在心里，内心柔美，外表威风。

人生就如爬山，把困难踩在脚下，挑战自我，不怕吃亏，就会更加优秀。坚其志，苦其心，勤其力，最后，必有所成，梦想成真！

梦，洒落风雨兼程中

■睢雪

在第六届中国长春国际农业·食品博览会上，由女企业家郭万敏创办的吉林省“田野泉大豆酱”酿造有限公司与韩国、美国、西班牙等国的有关公司举行签约仪式，价值3000万元的合同令人瞩目。郭万敏通过一缸大豆酱发展起一个闻名国内外的产业，把“田野泉大豆酱”从偏僻的黑土地推向广阔的世界市场，她被法国巴黎世界名人中心授予“世界杰出人士”称号。

能够把小产品做成大生意，源于郭万敏对待人生的态度，她总是把寻求幸福生活作为支撑人生出彩的精神动力。用她的话来说，就像走路一样，人在前面走，身后留脚印，大的小的深的浅的，笔直的弯曲的，无数的脚印连成一条路，走在这条路上就要创造好的生活，创造好的生活会刻记着人生的每一分价值。郭万敏心里总是荡漾着喜悦，被春风吹暖了胸怀一样，一张淳朴温和的脸写满了微笑、写满了创业激情。

人穷的时候不能坐以待毙，生活中的郭万敏总是向往着有事做。从没有工作到参加工作，从下岗失业到个体经营，她没有停止过寻求。是因为一次热闹的朋友聚会，给郭万敏带来了创业激情。那是一个很平常的日子，几位朋友到郭万敏家小聚，郭万敏很自然地为大家端上自己做的农家大豆酱。令她没有想到的是，一碟很平常的大豆酱让朋友兴味盎然。一位朋友很兴奋地说：“好酱，太好吃了。万敏呀，别再四处寻找工作了，我看你以后就做大豆酱生意吧。”

一句话为郭万敏引出一条致富道路。

郭万敏从小失去父亲，曾经的苦日子给她留下永远的痛。那些年，一家兄妹八人都依靠母亲一人维持生活，野菜蘸大豆酱是餐桌上的主菜。她从小和母亲学做大豆酱，因此做大豆酱成了她的拿手活。如今，尽管人们享受的是现代饮食生活，但大豆酱仍然是离不开的佐食，一碟大豆酱往往会带来一顿满意的饱餐。

做大豆酱也许会开辟一条经营之路。那次朋友们在她家小聚后，她一直在思考如何创业，选择什么项目。

郭万敏从小就在为生计奔波，自从高中毕业后就一直没闲着。她曾在一家珍珠岩厂打工，后来考上电视大学，由工人转为干部，在一家黄金公司当上了会计。可是好景不长，她所在的公司解体了。下岗后她卖过服装、养过鸡、干过烧烤，小生意没少做，没赚来大钱但也能维持生活。郭万敏不甘心庸碌，她总是渴望寻求一条适合自己走的路，做一番大事业，可她始终没有想出好的项目。

要尝试创业。深思熟虑后，郭万敏决定做大豆酱生意，并开始筹划。她知道自家做的大豆酱很好吃，但是要把这东西推向市场还需要做些科学方面的包装。她先是到市内各大超市观察大豆酱市场行情，把各种各样袋装大豆酱买回家里一一品尝，品尝结果都不如自己做得好吃。就干这一行了，她信心百倍。于是她开始琢磨如何包装，走出那块黑土地到南方去学习。她到北京有名的六必居酱菜厂学习了 3 个月，紧接着又去四川和天津等地学习。从外地回来，她把高科技生产大豆酱技术与东北传统的乡村做法相结合，付诸实施。

那一年，春节过后，她把大豆炸好后做成酱块子，于4月初下到大缸里，再经过一个月的打耙、晒缸、发酵过程，开始天然酿制。最初，她尝试着去做，先酿制一缸大豆酱。她把第一缸大豆酱推向市场，是一袋一袋卖的。这是她的第一次尝试，虽然只是一缸大豆酱，但很快在附近市场有了名声。通过这一缸大豆酱，她悟出一个道理，市场是无边无际的高粱地，只要开发就会有收获。

第一缸大豆酱的销售成功，郭万敏有了信心，她迈开了创业路的第一步。她信心满满要闯出一条生存和发展的路，于是，她在自己的老家——九台市乡村，正式批量生产大豆酱。这条路，并不像她想象的那样平坦，大批量生产一开始就遇到挫折。她想大干一番，购买了几万斤大豆、200多口大缸，招聘了几名员工，投资20多万元。春风吹起的时候，200口大缸盛满了金黄色的大豆酱，她计算着初次创业的价值，一年下来至少要赚几万元。然而，当她满面春风打开第一缸发酵好的大豆酱时，一股怪味扑鼻而来，她急忙打开第二缸、第三缸，同样的味道让她

《心有猛虎　细嗅蔷薇》（水彩画）
周　丹
中国铁路太原局集团公司晋太公司
优秀奖

一下子心凉了，近四个月的心血付之东流。怎么会这样？她满脑子疑问，精神几乎到了崩溃的边缘。20 万元对于她来说可不是一个小数目。当时有人就说，假如不做这生意也够她活半辈子。言外之意，是说她瞎折腾，自讨苦吃。在郭万敏心里没有假如，她想，失去财富只是经济损失，失去勇气会损失一切。尽管担负着沉重的经济压力，但她不服输，一定要从零做起，想办法挽回损失。

失败是创造奇迹的母亲，奇迹往往在无路可走时诞生，选择了远方就要风雨兼程。郭万敏寻找自己失败的原因，她反复琢磨以往自家大豆酱的酿制过程，觉得大批量生产失败的原因是由于温度和阳光照射不均造成的。找到了失败原因，想到了解决的办法，于是她坚定信念，继续大胆尝试。

信念，茫茫黑夜里闪亮的灯，有灯在，就有路可走。郭万敏想好后，开始了新一轮的创业尝试。她又购买了几万斤大豆和几百口大缸，这次她利用农家天然的配制方法，精心酿制。成功了，这一次她酿制的大豆酱很成功。水，是地下 100 多米深的井水；大豆，选用了东北平原上的优质大豆；酿制过程，借助科学，更多采取的是古老的农家方式，具有田野的风味。郭万敏把她的大豆酱起名为“田野泉大豆酱”，这是在没有任何污染的田野里，用清泉般的地下水生产出来的好酱。

让一袋二两重的大豆酱走向万人瞩目的农博会，郭万敏终于有了展示她产品的机会。

在“田野泉大豆酱”的知名度还不高的时候，为了打造品牌，提升产品知名度，郭万敏便想着要把“田野泉大豆酱”推向农博会，她为此做了很多工作和努力。在第二届中国长春国际农业·食品博览会开幕前夕，当地领导告诉郭万敏，“田野泉大豆酱”可以参加农博会。得知这一消息，郭万敏万

《源》（彩铅画）
杨晓兰
江苏省无锡工艺职业技术学院
优秀奖

分激动，于是安排人布展，把自己的产品摆到一个醒目的位置。农博会开幕的第一天，展现在郭万敏眼前的是人山人海的场面，郭万敏很希望那些涌动的人流能够光顾她的展位，可是来人中有的扫一眼，有的只是购买一袋两袋。只要有人站在她的展位前，她就会苦口婆心地告诉他们："买点儿尝尝，我的大豆酱可是人工制作的。"为了品尝返璞归真的味道，人们陆续买一些，但数量很少。一天过去，她销售额只有几十元。既然来了就要坚持，她不放过眼前的人流，没人买的时候，她就主动送货，把一袋袋的大豆酱送到人们手里。她的大气成了无声的广告，就在农博会第三天，她的回头客来了。一位来自北京的商人说："你的大豆酱好吃，还有多少我都带走。"紧接着，吃过大豆酱的人都陆续返回来购买，还有人要她的联系方式。郭万敏眼前一亮，让她的员工立刻返回家取货，结果取回来上千袋大豆酱很快就卖光了。

参加农博会，使她的“田野泉大豆酱”闯出了新天地。回到家，她的电话不断，许多经营商要做“田野泉大豆酱”的代理，到八月中秋，她的“田野泉大豆酱”销售到全国各地。很快，“田野泉大豆酱”打开了市场，由本地小市场扩大到北京、上海等大城市。那一年，深圳一家经营公司和她签订500多万元的供货合同；第二年和一家出口公司签订1000万元的供货合同；在第六届农博会上，她以3000万元的交易额获得成功。那天，农博会场艳阳高照，天空出奇的亮，郭万敏的心里也敞开一扇大门，那扇大门是通向国际市场的通道。

期望，是醒着的梦；挫折，使她更坚强快乐。走出国门，郭万敏把小产品做成大产业。时间一年一年地过去，郭万敏一如既往走在她选择的路上。善于寻求，勇于战胜风险，勤于拓展思路，构筑了郭万敏的成功之路。她说：“我的一生都在做梦，而我的梦是洒落在风雨兼程中。”

感动，寂静无声

■郑能新

山里的雨说来就来，只一刻，远山近岭就白茫茫一片了。大点大点的雨，砰砰地打在瓦片上，无休无止地响着一个单调的声音。周老师的心绪陡地不安起来，今天是她20多年教龄中的最后一堂课了。昨天，乡教育站站长亲自来到了这个偏远的山村小学，并送来了一位刚从师范毕业的新老师。新老师的到来就意味着她这个唯一的一位民办教师就要走下教坛了。

周老师名叫周幸生，是这个山区小学的民办教师。这个名叫天堂小学的学校，从校名你就可以感受到它的遥远。原来教师比较缺乏的时候，一般有点儿关系的公办教师是不愿意到这个大别山主峰上来甘守寂寞的，但周老师在这里一干就是20多年，从一个青春靓丽的姑娘变成了两鬓染霜的妇女。周老师原本有几次机会可以转为公办教师，但她每次都让了出去。第一次民师考试，她与龙老师分数相当，但名额却只有一个。论理，她的附加条件比龙老师强许多，奖证一摞一摞的，省里县里镇上的都有，她还在省地报刊上发表过许多文学作品和教学论文，如果把奖分加进去，她就比龙老师高出一大截。但龙老师教了30多年的书，背驼了，眼花了，脸上的皱纹比送出山的学生还多，他眼巴巴就盼着这个机会哩，错过这次，他就被年龄永远网在民办教师的位置上了。周老师二话不说，主动让出了这个名额。另外一次，她与年轻的陈老师考分咬得很紧，学校、教育站和县教委都想把这个名额给她，但陈老师却跟人说："如果这次转不了，他就不再教书了。"陈老师的弟弟在广东打工，每年挣回的票子有好几万元，弟弟曾多次鼓动他："教书有什么出息，以你的才干到广东谋份高薪职业不是难事。"陈老师也曾动过心，但学校和站里极力留住了他。那时，山里的教师很缺，像陈老师这样文化程度高的民师也不多。陈老师的书教得好，也很用心，他和周老师是这山里小学的两根台柱子。但是如果这次转不了，很可能就留不住他的心了。为了留住他，周老师只好又放弃了这次转正的机会。但周老师没有想到的是这些年公办教师多了，县里、镇上没办法，只好压缩民师，她这个有 20 多年教龄的民办教师只好让位了。

雨，还在淅淅沥沥地下着。上课的钟声当当地响了起来。周老师感到自己两颊有些潮湿了。20 多年哩，20 多年的青春就耗在了这三尺讲台上，尽管她才 40 岁，但岁月的风霜过早地浸染了她，她的额头有了皱纹，脸色也日显苍白，苦是苦哩，但她一点也不悔，如果允许，她愿意在这个三尺讲台上站到倒下为止。可是……

新来的老师站到了她的背后，轻轻地说："周老师……"

她蓦地一惊，扭转脸朝新来的老师凄然一笑，用手擦了擦眼角和双颊，不好意思地说："看我……"

新老师无言地低下了头。按照约定，今天是她们交班的日子。

周老师缓缓转过身来，对新来的老师说："我们这个班上大多是留守儿童，他们的父母都在全国各地打工，你今后要多多留心他们！"新老师默默地点了点头。周老师这才夹起了课本，说："上课了，走吧。"

教室里寂静无声，同学们都默默地注视着她俩。周老师清了清嗓子，然后用高昂的声调说："同学们，从下节课起，我不再教你们了。"她指了指新来的老师对大家说:“这是你们新来的王老师……”同学们有的低下了头，有的开始抽泣。周老师继续说:“大家今后要听王老师的话，用心读书。”顿了顿，她又说:“王小丽，你家爷爷奶奶长年生病，条件不好，如果没钱买文具还可以来找我。”王小丽呜呜地哭着点了点头。周老师又说:“周兰军，你上学路程远，要过几道山沟，下大雨时，一定要注意，老师再也不能接送你了。”周兰军哇地大哭起来:“周老师……”周老师走下讲台摸了摸他的头，良久，她用手揉了一下有些发酸的鼻子说:“还有你，龙飞，你功课跟不上，课余时间要多问老师……”

她，还在继续向同学们交代着，这时候，下课钟声当当地震响了。周老师这才停住话头，她抬眼看了看讲台上的那尚未打开的课本，急匆匆走上了讲台，向同学们大声说道:“现在开始上课……”

外面的雨停了，新来的老师和全班同学的泪水却像雨一样地流了下来。

《仕女图》(工笔画)
彭 婉 | 河南省信阳市公安局
三等奖

赤脚天涯路

■喻贵南

雨后初晴，一个十二三岁的小姑娘，走在崎岖而又泥泞的山路上。她穿着齐足踝的黑色雨鞋，肩挎书包大小的木箱，木箱里装的是理发工具。转过小小的山坳，看到前面有一所土砖房，想着屋里可能有人要理发，小姑娘不由加快了脚步。

走到房门前，一条大黑狗突然从屋里窜了出来，扑向小姑娘汪汪直叫。吓得小姑娘尖声大叫，慌忙作势捡石子打狗，大黑狗吓退数步后，又扑了过来。小姑娘见情况不妙转身就跑，脚下一滑，扑通一声，摔倒在地，左脚上的鞋子甩落到距路面四五米深的山沟里。眼看大黑狗追上来就要咬到小姑娘了，这时屋主听到狗叫声急忙跑出来，及时喝退了大黑狗。

“这狗平时是拴着的，今天逃脱了。”屋主冬秀阿姨边解释边跑了过来，扶起满身泥水的小姑娘，关心地问：“没咬着你吧？”

小姑娘泪眼汪汪，摇了摇头。

“你的鞋呢？”冬秀阿姨指着她的左腿，小姑娘吸了吸鼻子，脸上绽出一丝笑说：“掉到山路下去了。”

“哦，没关系的，待会儿让我儿子去给你捡。你先去我家，把湿衣服换了，再帮我的孩子们剪头发，刚好他们都该理发了。”冬秀阿姨疼爱地拍拍她的背，然后看着她的脚笑道：“你现在光着脚，真应了那句‘赤脚走天涯’。不过就算你光着一双脚，凭着你勤劳的双手以及你的善良，也会挣到鞋子的……”

这小姑娘就是宁乡市的喻朝辉，辍学后，她跟舅父郑岳华学理发。20世纪80年代初，宁乡老粮仓镇偏僻的乡下，5分钱剪一个头发，有的理发师沿家沿户上门服务。理发师每天早出晚归，走三五十里，或者更远。这且不说，最怕碰上恶劣的天气或被狗咬。因为乡下狗多，所以那时的女孩子没几个人愿意学理发。

为了减轻家里的负担，喻朝辉小小年纪，就在乡间路上，跌跌撞撞地走了3年。肯于吃苦的她，理发技术日渐娴熟，人人称她“小喻师傅”。

16岁时，喻师傅被招工进了供销社当了营业员。一年以后，领导考虑到在镇上开理发店，由喻师傅负责经营，生意应该会很好。

这一招果然没错，不只因为喻师傅的理发技术好，而且她待人大方热情。因此，她年年成了单位创收的标兵。

而当后来供销社退出历史的舞台，其他职工为再就业而忧虑时，她毅然去了长沙艺术学校进修发艺。毕业后，她开了一家理发店，取名“辉辉发屋”。除了以前单一的剪头发，店里又增加了刚学来的文眉、绣眉以及新娘化妆的项目。因为过硬的技术及热情善良，一个又一个的家长先后将子女送过来，拜她为师，她对每一个徒弟都教得很认真。

“师父，你快来看一下。”喻师傅在里屋喝茶，拜师没多久的徒弟虹在外屋大声喊叫。身材高挑、长相清纯的喻师傅匆匆出来，以为出了什么事。

“师父，他要理发。”虹指了指坐在理发椅上的一位老人，嫌弃地皱了皱眉，吐了吐舌头。喻师傅一看虹的表情，就知道她不想帮老人理发。那老人看上去确实很糟糕，衣服破旧，花白的头发像乱草堆一样纠成了一团。他至少有半年没理发了，胡子也一样，老长老长的，一大把。光处理这把胡子，就是个大工程。

喻师傅走到老人面前，微笑着招呼后，一如平常地拿起工具，一翻认真细致地洗、剪、吹后，老人看上去好像年轻了10多岁。看着镜中干净而精神的自己，老人笑了，笑得很甜。走时，老人将皱巴巴的票子递过来，喻师傅只收取了成本钱。在整个洗、剪、吹的过程中，喻师傅一直保持微笑，没有一丝嫌弃的表情。老人连连道谢着走了。而她，自始至终，没有一丝不悦的表情。

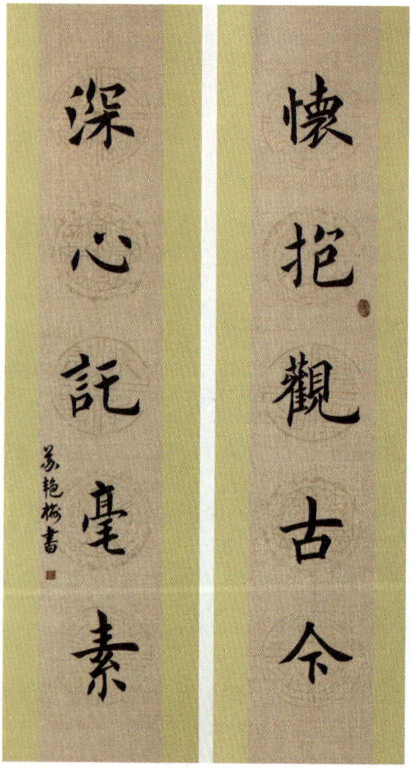

《情抱观古今　深心托毫素》(楷书)
苏艳梅
云南文山电力股份有限公司
优秀奖

送走了老人，喻师傅这才跟远远站着的徒弟虹说:“跟你讲一个故事吧。那时，我在我舅舅那当学徒，有一天我们上门理发，那是一位70多岁生命垂危的老人要理发。他身上吊着输液管，眼睛都睁不开了，全身瘦得只剩下一把骨头，稀稀拉拉的头发几寸长。他的两个家人将他扶起来，说是想帮他剪了头发，离世时有个好形象。舅舅就让我给他剪，我当时可吓坏了，立马拒绝说:‘我不剪’。”我脸露嫌弃，结果舅舅抬手就给了我一巴掌，这也是他一生中唯一一次打我。

“后来，我舅舅亲手帮他剪了头发。我和舅舅离开那户人家，在路上，舅舅耐心地教导我。他说，如果那位老人是你的父亲，你会帮他理发吗？而这世间，你觉得哪种职业最好？医生、警察、考古学家，这些职业怎么样？可他们几乎都要跟患者、死人、腐尸，甚至是干尸打交道。医院里的化验员，还得天天对着大小便做化验，他们能嫌弃吗？就连科学家搞科研时，也可能要跟患者或死人打交道。如果他们都嫌弃，都跟你一样，那怎么办？你说怎么办？所以，干了哪一行，既要对得起自己，也要对得起他人，既要爱岗也要敬业，就是说要称职。

“职业从来没有贵贱之分，每一种职业都要有人去做。不管哪一种职业，也许都会有人感觉不如意。行行出状元。每一种职业都会出人才，只要你认真对待自己的岗位。正如冬秀阿姨说的那样，就算你是赤脚而来，踏上的是天涯路，你也能在路上找到你想要的鞋子；如果不认真对待，就算你脚上有鞋子，走在路上，鞋子也会被你弄丢的。

“如果你真的想学好理发，就要把每一位顾客当亲人，当上帝。不管是年老的还是年幼的，贫穷的还是富有的，什么样的顾客，我们都要热情对待……舅舅那天跟我说了很多。从那天后，不管他让我给哪位顾客理发，我都不会让顾客失望，因为这是我的工作。”

喻师傅娓娓道来，虹听了，惭愧地红了脸。

喻师傅读书虽然不多，但社会是一所大学，她在这所大学里学到了很多。在理发的过程中，她会跟顾客聊家常、讲故事。其幽默的谈吐以及热情周到的服务，会让顾客有一种如沐春风的感觉。

而今，她的徒弟已有几百人了。他们用剃刀、电剪，在平凡的岗位上为顾客服务的同时，也为自己创造了美好的生活；而“赤脚天涯路”的爱岗敬业精神也在他们身上传承下去。

大厦将倾，我来做擎天的柱

■尹慧

锥痛袭来，珍实在是坐不住了。珍的眼睛瞬间浮上了水雾，她为自己不争气的腰间盘恨恨不已。

这里是机场候机大厅，那么多双眼睛盯着呢，怎么可以躺在座椅上呢？珍在心里阻止自己的娇弱。

“不！我受不了了，我一分钟也坐不住了！”腰间盘在抗议。

珍爱惜地抚慰着它，轻轻地按摩。

“啊！不，太疼了！”腰间盘喊得声嘶力竭，珍心疼得眼泪涌出了眼眶。

说好的，我会好好待你，可是谁知你这么不争气？

“不！你对我太苛刻了！我严正抗议！我有病期间，你就不该出门远行！”腰间盘怒不可遏。

面对腰间盘的发难，珍深深地自责。她真的感到太折磨腰间盘了。她想起了临出门的那天早上。

“叮铃铃……”闹钟铃声把珍从睡梦中叫醒。

珍下意识地翻了一下身，心中窃喜：有门儿！腰居然能动了！

她试探性地用胳膊支起身体，看可不可以自行坐起来。可以！这出乎自己的意料。

头一天晚上，在作家协会开了一天会，腰间盘病犯得相当严重，一步也走不了了，先生背着回家上的楼，躺在床上就起不来了。

《梅花香自苦寒来》（国画）
蔡　玲
国网无锡供电公司
优秀奖

为了第二天的北京会议，她把腰间贴满了膏药，用热水袋热敷一晚上，祈祷第二天可以起床下地，不耽误参加北京的会议。

珍又试探性地把脚移到地下穿好拖鞋，用双手撑着腰站立起来，腰居然没有前一天那么疼了！她又试着向前迈脚，哈！可以走了！珍高兴得不得了，如果能蹦，她一定会蹦起来。

“可以去北京参加会议了！”珍对先生说。

“别逞能了，路上要是严重了怎么办？”先生不无担忧地说。

“人必须信守承诺，答应了的事，就一定要做。”珍的坚决，没有反驳的余地。“没事，我戴上护腰。”珍怕先生太担心，又补了一句。

贴着膏药，戴着护腰，珍到北京参加会议，中途又转道参加心理咨询师高级培训。三天两夜的培训后，珍感觉到腰间盘预谋要歇菜。

到了机场，腰间盘终于撂挑子了。

珍顾不得谁会耻笑自己“素质低下”，内疚地躺在座椅上。随后，她发了一张躺在座椅上的自拍照片在朋友圈，瞬间引来好多关切的留言，大家都在质问："腰间盘病犯了还出门？""你也太拼了，不要命了？"

珍回复："之所以这样，一是承诺的事不能食言；二是干事业必须排除万难。"其实，还有一条最重要的原因，珍没有在圈里发布——她绝对不能躺下。因为，她现在是家里的顶梁柱。

珍盯着朋友圈的回复，心里想着："我不勇敢，谁人替我坚强？"思绪回到了一年前的那个下午。

先生吃了药，睡下了。

这是一个阴冷的天，珍守在先生的旁边，看着先生灰蒙蒙的脸，有些后怕。

"你可真能挺啊，再晚来几天，你的身体将出现大问题！"

陪着先生去医院回来大约一个时辰了，医生的话还在珍的耳边回旋，炸响……

"你得好好休息啦，不能累着，不能着急，不能上火。"这是医生给先生的医嘱。先生的苦笑，像一根明晃晃的钢针，刺痛了珍的心。

珍明白，先生的笑里有无奈、有无望、有无助。这些都来自 3 个月前，突如其来的变故。

3 个月前，先生在一个投资平台炒现货，一夜之间，锱子皆无。先生不甘心，卖了一套房子想翻盘，结果还是"肉包子打狗，有去无回"。先生如梦方醒，原来，自己中了非法平台的圈套。最终因投诉无门，精神几欲崩溃。当他的身体支撑不住的时候，这件事情才浮出水面。

怎么办？珍看了一眼熟睡中的先生。什么都没了，生活由小康生活一落千丈，几近一无所有。先生又在病中，公司无法正常运营。孩子出国留学的事已经敲定，只待办手续交学费了。

孩子留学的费用从哪来？她的工资才 4000 元，加上稿费也不过 7000 元，而儿子一个月的生活费至少要 10000 元，另外还有家里的开支，先生的医药费，这么大的开销，区区 7000 元怎么够？

这个时候，珍终于明白，先生跟她坦白赔老本的事时，为何泪流满面，那是巨大压力的倾泻。

“别怕！有我呢！”珍望了一眼鼾声如雷的先生，在心里说，“大厦将倾，我来做擎天的柱！”

“情柔似水，骨硬铮铮”，这是珍给自己贴的标签。

知道自己的骨头硬，是在珍很小的时候。

那时候，家里吃饭用炕桌，也就是八仙桌，每当这时，家里人都能盘腿打坐围在八仙桌的四面用餐，唯独珍，要把两条腿直直地伸到桌子底下，一顿饭下来，腿总是会坐麻木的。妈妈说她骨头硬。

小时候犯错误挨打的时候，珍从来不会跑，腰杆挺得直直的，脖子梗得直直的，任凭妈妈的柳条棍子笤帚把雨点儿般地落下。即使好不容易有人心疼来解围，她也从不肯挪动半步，仿佛挪了，自己就不是“好汉”了。于是，亲戚们都说珍骨头硬。

硬骨头，或许真的与生俱来。

许多年前，父亲就曾告诉珍：“人不可以有傲气，但不可无傲骨。”傲骨是什么？珍把它理解为“硬骨头”。

多年后的今天，珍的硬骨头终于派上了用场。

珍一直以为，养家不仅是男人的事，应该是夫妻两个人共同努力。

新时代的女性，必须做一只雄鹰，在风雨中穿行，血管里一直奔涌着与磨难对抗的激流！

不到没有退路时，你永远不知道自己有多强大！珍躺在候机大厅的座椅上，看着朋友圈里自拍的照片，被自己的坚忍感动了。

先生去医院看医生后，她明白，只有快速赚到钱，才能让他看到希望，他的病才会好起来，因为人常说“心病还需心药医”。

于是，怎样才能让先生尽快好起来？增加收入！

明了这一点，珍开始搜肠刮肚。她忽然想到了三年前，她曾取得的心理咨询师资格证，她心里开始雀跃，原来，“机会是留给有准备的人”这句话说的没错。

从此，除了撰写出版社的约稿、完成单位的宣传工作，她又多了一项心理咨询的工作。她以她的智慧和热心，赢得了诸多心理疾病患者和家属的喜爱，客户越来越多，让她应接不暇。珍终于尝到了“忙得团团转”是啥滋味了。

这一年，珍每天早晨四五点钟起床，晚上 12 点以后睡觉，赶书稿的时候，一两点钟就寝是常有的事。一天只吃一顿饭，一天只喝一次水也是常有的事。一年的打拼，她用掉了 10 斤体重的代价，换来了先生精神大振进而病情好转。

一年后，先生的病基本痊愈。显而易见，除了药物的作用，当然也少不了精神的作用，珍的坚强和忠贞，无疑是一针强心剂。

要登机了，珍用双臂支撑起身体去检票口，每走一步，腰间盘的关节都在互相“挫牙”，疼痛入髓，她告诉自己:“必须挺住！”

身兼三职，已经不是自己能否赚到钱的问题，而是每一职都肩负着沉甸甸的责任，不能辱没。

她坚信，强者的精神和力量是困苦的际遇孕育的，所以，她感谢困苦。

工作是美丽的

■文雪梅

周末，我和老公乘车去乡下老家看望父母，上车时，才发现售票员是刘姐。多年前，我和刘姐在同一个单位上班，后来，因公司裁员，我们都被拒之门外。

我知道，刘姐的老公是经营电器的商人，生意做得风生水起，家里并不缺钱。但那天看到她拼尽全力赚银子的样子，我纳闷，莫非她的生活有了变故？

于是，我就坐在刘姐身旁，与她聊起天来。当我问及她的近况时，刘姐告诉我，她从单位下岗后，曾在超市当过收银员，经营过网店，今年又干起了售票的工作，不管干什么都觉得挺好。我不解，便笑着说："姐夫是小城里有名的电商，如果我是你的话，会在家安心做个全职太太，相夫教子，享受安逸又舒坦的生活，用不着这样辛辛苦苦地工作啊！"

想不到，我话音刚落，快人快语的刘姐急忙摇头："万万不可。那样的话，我会失去自我，会无聊死的。我上班不图挣多少钱，只为有个好心情。"

一路上，见刘姐始终面带笑容，无微不至地搀扶老人、小孩上下车。看来，对于这份平凡的工作，刘姐十分喜欢。记得有人说过："工作不仅是女人谋生的手段，也是女人享受生活的一种载体，更是女人年轻美丽的途径。"这话用在刘姐身上再恰当不过了。工作着的刘姐浑身上下充满着迷人的魅力，光彩照人。刘姐既没有依附丈夫，也没有做恋家太太，而是靠自己，在工作中体现自我价值，让我艳羡不已。

这让我想起了最近新认识的朋友李梅，她皮肤白皙，靓丽可人，面容姣好。她不仅颜值爆表，而且才华横溢。年纪轻轻的她，已在文坛上崭露头角，不仅是位美女作家，还是位大学教授。原以为，李梅毕业于某名牌大学，拥有高学历，可是，听了她的报告后，才知道她只是普通的大学专科生。

李梅说，10 年的时间，她完成了从专科生到博士的华丽转身，从一名文学爱好者到作家的成功蜕变。她讲话时，美丽的眸子里闪烁出一种别样的光彩。

倾听着李梅传奇式的故事，我们都感到不可思议。她说，为了实现自己的梦想，她付出了超乎常人十倍的努力。别人休闲度假，游山玩水，而她却在家里读书、写作、补习课业；她每天的睡眠时间只有四五个小时，除了吃饭睡觉外，其余的大多数时间都开启学习模式。当她拿到博士学位证书的那一刻，激动得哭了，连自己都不敢相信这是真的。她说，拼命学习，玩命工作，是她这 10 年来的真实写照。我们唏嘘不已的同时，不由感叹，无限风光的背后，都是努力奋斗的结果。

幸福生活是奋斗出来的，同样，事业有成也是奋斗的结果。

郑小瑛，我国第一位女指挥家，也是世界上唯一一位 88 岁仍然频繁演出的女指挥家，在圈内素有“拼命三娘”之称。与她接触过的人，都能感受到她的激情澎湃。

面对患过 3 次癌症的她，有人问为什么那么拼？她不以为然地说：“音乐是我终身的工作。身体好好的，脑子还可以，别人听不懂的，我还能听得懂，没有理由拒绝吧。我有一个座右铭：急社会之所需，尽自己之所能，只要社会需要，我都还可以做下去。”年过八十的她，在舞台上不减当年，精神抖擞，声音洪亮，眼神散发出清澈而坚定的光芒。

英雄不问出处，奋斗无关年龄。

2017 年，一位满头银发的老奶奶弹奏钢琴的视频在网上火了起来。当 87 岁的她，颤巍巍地走上台，敲下钢琴键的一瞬间，名曲《梁祝》的优美乐声袅袅飘出，全世界都安静了。她就是巫漪丽，中国第一代钢琴家，中国钢琴启蒙人之一。

2008 年，78 岁的她出版了首张个人专辑《一代大师 1》，高超的造诣轰动了音乐市场；83 岁时，《一代大师 2》《松花江上》等 9 首钢琴曲再次风靡中国，透过这些中国风的钢琴曲，人们看见了一颗中国心。她一生都在为音乐奔跑，满头银发，笑容烂漫，生命中有音乐，活得很充实。

其实，生活中，每个人都在努力地工作着：快递小哥，风里来雨里去，从不言辛苦；出租车司机，到处风驰电掣，再苦再累都是笑意盈

《美人》（油画）
周宁宁
中建三局基础设施公司
优秀奖

盈；门店老板，起早贪黑，废寝忘食，精心打理生意；讲台上，辛勤的园丁正挥汗育桃李；车间里，工人们正熟稔地操作着；医院里，医生、护士正忙不迭地救死扶伤；田埂间，农民正紧张地劳作着……

工作是美丽的！

虚掩的窗

虚掩的窗，智慧与胆识的测试题而已。推开它，不必多大的力。

《梦——期待》(水彩画)
陈佳钰
江西省赣州市信丰县小江镇中心小学
一等奖

用光一样的速度飞奔

■睢雪

听方伟作报告，一个数百人的会场里寂静无声。作为“风云三号”系列卫星太阳辐射监测仪主任设计师，方伟的演讲如同电影一样，放映出一个个激昂又超逸绝尘的片段，感动了在场的所有人。走科研之路，她所经历的是挑战和奋斗，收获的是累累硕果。

方伟肩负重任，挑战荒芜的时候是在 1987 年，她从山东大学光学系毕业后，满怀着对光学事业的热爱，只身一人来到陌生的长春，进入长春光机所工作。从那时起，她立志一步一个脚印，探索、求精，向着科学的高峰攀登。就在方伟参加工作的第二年，她迎来了工作中的第一次挑战——参与一个重大课题，研制太阳辐射绝对测量仪器。太阳辐射是气象台站的日常监测指标之一，是研究气象中长期变化的基础性数据，对于气象气候监测、太阳能资源普查等意义重大。这种测量仪是高精度一级标准仪器，它的研制技术指标高、难度大。面对高难度科研任务，方伟主动请命，承担起太阳辐射计核心元件的研制工作。然而，接受这个任务不久，阻力接踵而来，她发现相关的参考资料太少，而研制进度又十分紧迫。为抢时间早日完成研制任务，她连续几个月在办公室中查找研究各种资料，向各方面专家虚心请教，夜以继日地设计并试制热电探测元件。全身心投入工作，她常常忘记了吃饭，忘记了下班。饿了，吃点儿方便面；困了，趴在桌子上睡一会儿。每天在入睡前都要思考疑难问题，常常是在半夜醒来，脑海中突然涌现一大堆思路，再也睡不着了，于是起身开始琢磨，直到天亮。这一段超负荷的工作经历，刻记着她生命的每一寸时光，每一分价值，换来的是科研的突飞猛进。经过不懈努力，终于取得了突破，她研究出的一种用于电校准绝对辐射计上的“腔型接收器”和一种热电堆型“温度传感器”取得成功并获国家专利。接着，又在此基础上，研制出了具有自主知识产权的太阳辐照绝对辐射计。随后在中科院大气所进行了 3 年对日观测。1996 年 7 月，气球飞行试验成功后，她和同志们精心研制的太阳辐射绝对测量仪在国内首获 32 千米高空太阳辐照度数据。这一科研项目从无到有，初试成功，给她带来了满满的自信心。

取得这次成功后，新的挑战接踵而来。方伟又承担了“神舟三号”太阳常数监测器的研制工作。这是方伟率领的课题组，也是长春光机所承担的第一次太空飞行任务。当时，方伟肩负使命，压力很大。航天任务，投资浩大，关系到国家荣辱，只许成功，不能失败，丝毫马虎不得。带着党和国家的重托，她又迈上了新的征途。经过多次论证，她创新性地提出在卫星运行过程中太阳扫过宽视场绝对辐射计视场期间进行太阳常数测量的新方式。那时候，她的课题组成员几乎没有航天产品开发的经验，从机械、电控系统到探测器，都要重新设计。而国外对这些项目的研制的方法和技术进行封锁，能查到的国外资料寥寥无几，没有借鉴参考，只能依靠自己研制。为攻克一道道难关，她和同志们常常工作到深夜，出差更是家常便饭。方伟是总体负责人，了解课题的整体情况，所以关键时刻她都亲自带队，“神舟三号”太阳常数监测器第一次做热真空试验时，她第一个值夜班，连续工作了 20 多个小时。“神舟三号”发射前为期一年的整星和发射场联调，她全程在岗，带领团队成员反

《夹竹桃》(水彩画)
李甲玑
中国铁道科学研究院集团有限公司电子计算技术研究所
优秀奖

复测试，认真判读数据，不放过一丝一毫的问题。由于飞行任务对设备可靠性的要求苛刻，她坚持实验出来的设备要在远超过环境实验条件的极端条件下进行地面试验，确保设备上天后不会因环境条件变化出现任何问题。因此

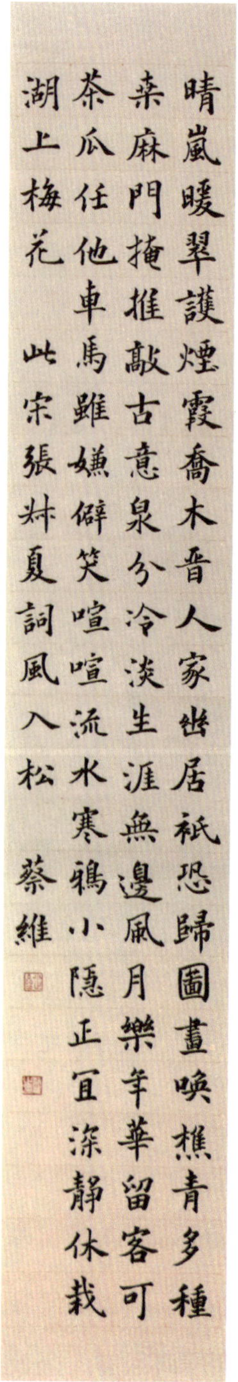

《风入松》（隶书）
蔡　维——西藏民族大学
优秀奖

她研制的仪器可靠性非常高，从没有出现质量问题。功夫不负有心人。2002 年，“神舟三号”飞船成功升空入轨。3 天后，太阳常数监测器开机上电，工作正常。这是我国首次在太空获得太阳辐射数据，消息传回所内，全所上下一片欢腾。成功的喜悦写在方伟的脸上，内心产生无穷的力量，他仰望高空，双臂如同化作翅膀，很想飞翔。

完成“神舟三号”太阳常数监测器任务之后，国家又把“风云三号”气象卫星太阳辐射监测仪研制任务交给他们。方伟担任“风云三号”气象卫星太阳辐射监测仪的主任设计师，主持的 A 星太阳辐射监测仪已在轨连续正常工作三年半，B 星太阳辐射监测仪也在轨正常工作一年多，下传数据与国外卫星同期测量数据符合良好。她带领团队研制 C 星改进型太阳辐射监测仪，增加了精密温控与精确太阳指向功能。这些研究，使我国在极轨气象卫星领域更进一步缩小了与美国、欧洲等发达国家的差距，增强了我国参与国际合作和发展竞争的能力。方伟时时在体验着航天事业的艰辛和荣耀。

2003 年冬天，她患乳腺疾病，刚刚做完手术，拆线的第一天，就带着团队去交付仪器参加整星联调。由于她常年忙于工作，几乎没有时间照顾家庭。女儿小的时候刚做完阑尾炎手术，她就急需出差，丈夫和女儿都痛快地答应让她走，鼓励她以工作为重。2004 年，丈夫的腿骨折，她白天没时间照顾丈夫，只好晚上陪丈夫住在病房，一住就是 3 个月。方伟先天缺钙，两只脚都骨折过，为了不耽误工作，她曾经拄着双拐去上班，。有一次，瑞士世界辐射中心的所长到长春，看到她拄着双拐去机场迎接时，既感动又无比敬仰，用手势赞扬中国女性的刚强。这时，方伟绽放出的是令国际友人着迷的笑脸。

2009 年，方伟参加了“赵九章优秀中青年科学奖”评选。“赵九章优秀中青年科学奖”是以我国著名气象学家、地球物理学家和空间物理学家赵九章先生命名的，是在上述领域最具影响力的奖项。凭借出色的工作业绩和丰硕的研究成果，她从众多的竞争者中脱颖而出，成功摘得空间探测学领域的桂冠。

在方伟心目中，研制出的产品只有拿到国际上去比对，才能知道产品的技术到底发展到什么水平，还有哪些欠缺。因此，她抓住有利时机，积极参加国际交流与合作，多次携太阳辐照绝对辐射计系列 SIARs 远渡重洋，到瑞士达沃斯世界辐射中心参加了 3 次国际太阳辐射计比对大会，与几十个国家的太阳辐射标准仪器同时对日比对测量。比对结果，她带领团队研制的 SIARs 是世界上一流的几台标准级仪器，得到国际同行的认可和高度赞誉。为此这个团队同世界辐射中心签署了长期合作研究协议，还凭借高精度太阳辐射技术，荣获了 2010 年省内科技进步一等奖。

航天离不开高科技，离不开技术创新，创新源于勤奋、源于思考、源于实践。方伟在带领团队保质保量完成在研任务的同时，还始终紧盯本领域的研究前沿，进行空间航天项目的论证。她主持的“新型超高精度绝对辐射测量技术研究”等一系列研究任务，为航天应用打下了坚实的理论与技术基础。为未来航天遥感仪器的超高精度绝对辐射定标提供了理想的方法，竖起了航天技术领域新的里程碑。

从事航天事业 20 多年，方伟付出了许多，也取得了丰硕的成果，她发表《紫外辐照对绝对辐射计锥腔吸收率的影响》等论文 42 篇，编写技术报告 100 多篇，曾获得“国防科技进步一等奖”“中科院参加载人航天工程优秀工作者”等荣誉称号。无数的荣誉称号对她来说都不重要，重要的是以光的速度前行。天空高远，每每眺望蓝天，她的心仿佛就在起飞，与卫星同行。

定做如花心情

■李子燕

鲜花，被视为女性的象征。小芹虽是一名小儿麻痹患者，行动很不方便，但她同样拥有“与花共舞”的梦。从种花到画花，她在坎坷的追梦路上，为自己定做一份美丽的心情。

谁都知道，创业不是一件容易的事，更何况是一名女性残疾人？可小芹偏不信邪，难道残疾人就没有追梦的权利吗？2008年她建起了花棚，没有钱，就和丈夫用土打墙。东北的冬天特别寒冷，花棚保暖设施不好，取暖更是大问题。夜里，她在花棚里烧好了温度，然后回到屋里睡一觉的工夫，花棚的温度已经降到零下了，有的花苗开始了冻伤、倒伏，甚至死亡……

小芹倔强地咬破了嘴唇，血水和泪水滑落到手背时，她才缓过神来。不能输，一定坚持下去，就算剩下最后一株花苗，也要坚持到最后，要让它在春季里绽放。于是，她将行李搬到花棚，这样温度一降低，她就会被冻醒，能及时地烧火升温。冬季好漫长，没有人知道，小芹究竟是如何熬到春季的，如何等来了花棚的生机盎然。她顾不得回味，推着花卉到了市场里，想不到很快被抢购一空。晚上回到家，她一瘸一拐地扑进花棚，热泪盈眶：花帮她实现了梦想，她可以做到“残而不废”了！

慢慢的，小芹的花，被越来越多的人认可了！她走出了家门，成为一名残疾人专职委员，有机会走访全乡25个自然屯。在此期间，总有一个难题困扰着她：重残兄弟姐妹如何自强？她一边走访，一边想办法为大家找出路，于是“画花梦”开始萌芽了！

从此，她一门心思研发玉米叶烙画工艺。当时，就连老父亲都不理解：“不好好种你的花，又画什么花呀？”她回答父亲：“我的日子好了，我要和大家一起过上好日子。”老父亲啥也没说，默许了她的选择。

生活中的一草一木，赋予了小芹灵感和财富。经过将近两年的不懈努力，终于将这项技术研发成功，不局限于一种材质的烙画诞生了。当地的玉米叶、玉米秸秆、蒲草、稻草，都可以在大家的手里创造奇迹，烙画成金枝玉叶。以玉米秸秆为例，挑选比较直的玉米秆，清洗漂白、晾干、剖开、刮瓤，然后粘贴到准备好的美术图案上，结合剪纸的阴刻阳刻烙色，最后再拼接磨砂，装裱成精美的装饰画等工艺品。而这一道道烦琐的程序，都是小芹反复琢磨后得出的最佳制作方式。

她拖着病腿，走乡串户将玉米叶烙画技术传递给兄弟姐妹，带领大家一起创业就业。有时太累了，有时太委屈了，她真的不想再走出去了，可还是继续走了出去。渐渐的，她们的玉米叶烙画得到了认可，有了丰厚的经济收入。当她把钱交到大家的手里时，看到了大家的笑容，笑得那样灿烂，靠自己的双手绘画蓝图，做到了“残而不废”。

这时，她才想起不知有多少天没回家看看年迈的父亲和年幼的女儿了。为了残疾的兄弟姐妹，苦和累都不算什么，因为她怀揣着满腔的热情和梦想。太多的泪水还没来得及哭泣，都留给了自己，却不知道天大的不幸已经向她降临……

为了赶制几幅玉米叶烙画样品，小芹不顾自己身体不适，贪黑起早地干活，头疼了就吃几片药顶着。就这样坚持了好几天，最终还是病倒了，住进了医院，检查结果是得了重病——多发性腔梗！由于耽误了最佳治疗时机，左侧肢体已经零级瘫痪，她崩溃了！茫然不知所措！就连哭，都不知咋样去哭。

小芹无法面对这样的现实，一向坚强的她走向了迷途，走向了懦弱。一日上午，病房里只剩下她一个人躺在病床上，输着氧气，打着吊针，她拔掉了氧气，将吊针用牙咬了下来，扔在了地上，任由药液流淌。那一刻，她决然地放弃了生的希望。还好，被护士及时发现。

让她最终打消轻生念头的，是她的残疾兄弟姐妹们。他们听到小芹重病的消息，从四面八方赶来，一边筹款捐款为她治病，一边轮流护理她的生活，防止她再想不开。面对昔日的兄弟姐妹，她惭愧，她内疚，她别无选择。她看到了生的美好，情的可贵，为了爱她的大家，要坚强地活着，牵手改变命运。

行进在追梦的路上，只为定做如花的心情。天依然是蓝天，地依然是绿地，小芹如花般地笑了。她会循着梦的足迹前行，做风雪中的马兰花，用傲骨映蓝天空的风采。

《小窗夜读》（水墨画）
徐新霞
江苏省无锡市第六人民医院
优秀奖

山的那一边

■邹安音

我是巴岳山下长大的孩子。

我所就读的天堂村小学位于巴岳山之麓，傍依花果山，毗邻长河煤矿，老成渝铁路穿境而过。

记忆中，村小学是一个很大的四合院，布有 4 个天井，间隔出 5 间大瓦房和几间小套房。我每天上学都要穿过 4 户大院，3 个山头，1 个水库，4 个边坡的铁路距离，来回 4 次，总里程约 30 里路。我常常被轰鸣而过的火车吓得趴在铁道下的深沟里，思想随着翻滚的车轮不断向前，想着那轰隆隆烧炭冒烟咆哮着的车头，它究竟是要奔到哪里去呢？

那时候，我望着逶迤连绵的巴岳山苦苦冥想：山的那边究竟是什么啊？难道是传说的天边吗？

父亲是一名党的基层干部，他留给我们几姊妹唯一的财富就是“好好读书、好好做人”的遗言。哥哥们把巴岳山下的长河煤矿当成了心目中的天堂。然而通往“天堂”的路却崎岖难行，他们得在半夜出发，趁出矿工人倾倒煤渣之前抵达山脚下的小河沟，打着手电筒摸黑到煤矿去捡矿厂不要的煤渣。哥哥们“丰收”后，一部分挑回来留着家用，一部分就地卖掉，然后到矿上的图书馆买回自己喜欢的书籍阅读。这些书也成了我整个童年的营养品。

春天如约而至，班主任邓老师决定带小学四年级的我们到山那边的永川城春游。第一次坐火车，学生半票，来回 6 毛钱。天渐渐大亮，坐在火车上，才发现平时飞驰而过的火车已变成垂暮的老人，慢腾腾地挪着步子前行，并且每到一个小站都要喘着气停歇一下。初始，列车紧贴着巴岳山脚跟在走，只觉得那山好长、好宽，我似乎都听见了它的呼吸？白的花、红的果，都在窗外狡黠地眨着眼睛，对着我微笑。突然间，眼睛看不见了，眼前一片漆黑，原来是过隧道了。咣当咣当的铁轨敲打声清晰地传入我耳膜，也迸出无数的问号埋进心底：这么长的隧道，是谁一凿一凿开出的呢？我是从山的心脏穿过去的吗？山顶又会是什么样子呢？数着铁轨铿锵的节奏，直至山外洞明的那一刻，我恍然间惊醒：这就到了永川了！

那时候，我坚定地认为巴岳山的那一边，就只有永川城了，无法再延展更远的想象和空间。虽然天天唱着“我爱北京天安门”，但我实在不知道那“门”安在哪里，究竟在多遥远的地方！

上初中后，对我最有吸引力的莫过于每周一次的作文课，对待老师布置的每一次作业，我都会认真谋篇布局。语文老师彭泽均的鼓励给了我当作家的梦想。上小学那会儿，我的作文写得就不错。记得那时最期盼过六一儿童节了，虽然贫穷的家庭始终不能让我穿上漂亮的节日盛装，但是学校墙报上位于榜首我的范文，常常能给我带来巨大的幸福感。

1987 年秋天，二哥背着给我买的新被子，一手提着新买的水桶，一手牵着我走进了他的母校邮亭中学。当时，姐姐已经考进了重庆的一所名牌大学——西南农业大学，成了村里第一个走出的大学生，她也成了我的榜样。

1990 年 7 月 6 日，揣着妈妈煮的鸡蛋，校长和班主任亲率我们前往大足县城中学应战。我带着老师和亲人们的厚望，像勇士奔赴疆场，何其慷慨！

《月河印象》(水彩)
娄　晔｜浙江省嘉兴市光明小学
优秀奖

二哥意外去世，我只有考上大学，才能对得起他的在天之灵。

到重庆上大学那天，母亲早早做了饭。之后，大哥背着我的棉被，提着箱子，送我走过二里远的乡村小路，到高家店公路口乘客车去重庆。

我要到的大城市是重庆。重庆是什么样子的？我茫然不知，内心既忐忑不安，又充满无限向往。公路很坎坷，车子颠簸得厉害，我脑海里晕乎乎的。弯弯拐拐爬过一段段的山路后，到了永川。之后又是盘旋爬坡，过了璧山、江津……傍晚时分，将近八九个小时候后，我才到了重庆菜园坝。

学校在南岸4公里，傍依大山。每天早操是我最切齿痛恨的，跑过一段很长很弯很高的山路后，才能到操场，经常累得大汗淋漓。记忆中最难忘的是每到周末，我会爬上后山，望着连绵不绝的山，真的看不到前方，山的那一边，又是什么样子的啊？

1999年的深秋，已经为人妇为人母的我，走出居住的部队家属区，离开重庆大足一个叫登云的地方，抱着一大摞全国各地报刊发表的文学作品，走进了重庆新华社重庆青年报的大门。此时，成渝高速公路已经全线贯通，从老家邮亭路口到山城，时约一个半小时。一个半小时的时间，我积蓄了29年的光阴和能量。至今依然清晰记得那个午后，我在新华社重庆分社门前高高的台阶上，心事重重徘徊许久，终于鼓足勇气跨进门的那一刻；依然清楚记得龚总编慈爱的话语和赞许的眼神，以及半个月后接到记者电话录用通知的那一瞬。从此，我走出了山村，走到了山的那一边——山城重庆，走进了城市的高楼大厦，走进了我用心血和梦想编织的神圣殿堂。

那个暑假，我带领一个小记者夏令营从菜园坝出发，乘上北行的列车，目的地是北京。在咣当咣当铁轨声的伴奏下，列车经广安、达州、西安、郑州等地后到达终点。窗外的风景也渐次从丘陵田园到黄土高原、华北平原，而从巴山到秦岭，从雁门关内到长城脚下，从长江到黄河的距离，我整整走了30年！

翌日凌晨4时许，当我伫立在天安门广场，同来自不同地域、不同民族的人们一起，目不转睛地盯着庄严整齐的国旗护卫队跨过金水桥，踏进广场，扬起鲜红的国旗时，我能感受到自己内心交织的情感，有喜悦，有痛楚，还有记忆！如果灵魂可以对话，我想知道，那时候远在天堂的二哥是不是也在同一个地方，和我一起伫望着同一个方向，以及沐浴那一抹渐渐升起的朝霞！

膏药西施

■尹慧

“豆腐西施”是卖豆腐的，按这个逻辑推理，“膏药西施”一定是卖膏药的了。没错。

想当年，越女西施，以其沉鱼之貌和“响屐廊”上“响屐舞”，灭了吴王夫差；看如今，冰城雅丽，以其坚韧之性及“八正道”，执掌自己的乾坤。

冰城西施比之于越国西施，貌美自不必说，她那感动众生的自立与自强，无疑，是越国西施无法比拟的。

说完西施，我们该来说说雅丽与她的膏药了。

膏药西施是某理财公司高管。

在众人眼里，理财公司高管卖膏药，有点儿不着边际。是的，亲朋是这么想的，老妈是这么想的，3 个妹妹也是这么想的。

两年前，一提起雅丽，所有人都会一下子想起那个单身母亲，想起那个在某理财公司声名鹊起的高管，想起那个温文尔雅浅笑嫣然的女子，那时候，她月薪数万元。

两年后，再提起雅丽，大家一下子会想起“膏药”，想起“膏药西施”。膏药是真膏药，西施却是“赛西施”。

雅丽从理财公司跳槽，招致所有人的不理解，个中缘由，只有她自己最清楚。投资理财像一个巨大的陷阱，让那些贪图一夜暴富的人在大起大落间跌跌撞撞。投资理财可以让某些人一夜暴富，也可以让更多的人眨眼间遭受洗劫，最后酿出人财两空的惨剧。她发觉攥在她手里的，不是财富，而是罪恶！她清醒地看到：如果将这份工作继续做下去，她也会变得异常贪婪，甚至变得为了钱而不择手段……

从小，雅丽就是一个清纯的女孩，从来不屑与不地道、不仗义、不正经的人为伍，于是她决定做回善良正直，宁愿忍受贫穷的煎熬！

清高，有时候是要付出代价的。失业的雅丽再一次陷入家庭经济危机的恐慌之中。为数不多的卖老房子的钱成了儿子上学和房贷的唯一补给。

焦躁让她成了无头苍蝇，她每天都在捧着手机，东一头西一头地寻找投资项目，却又被应接不暇的备选目标所捆绑。就在她无所适从的时候，她病了，颈椎疼、头疼、头晕、恶心。她的神经一下子绷得很紧，她怀疑自己脑袋里长了肿瘤，她真的不希望儿子没了父亲之后，再没了母爱。

当她把自己的疑虑说给一位好友时，好友介绍给她一款专治骨病的膏药，她按照要求进行贴敷，膏药很管用。于是她决定代理。因为，她清楚广大的骨病患者有多需要这样的好产品，有多少人，换了好多种膏药却屡试屡败。遇到了，是她的福分，她决心通过她的努力将这款膏药传播出去，为更多的人解除病痛的困扰。这是爱的召唤。

尽管这款产品需要以微商的形式进行销售，尽管之前她从来不看微商的朋友圈，单单“三贴无效退款”的承诺，就足够吸引她了，那绝对是质量和信誉的保证，销售这样的产品，心里踏实！

可是，不得了了！老妈看着女儿在她的地盘耸立起小山一样的产品跟她示威，好多天不搭理雅丽。

《祥韵》（木版画）
高　娜｜黑龙江省农垦建三江管理局前锋农场学校
二等奖

从小对大姐敬畏有加的三妹，不论何时何地，只要发现大姐雅丽有一点儿不开心，就像耗子见了猫一样，赶紧缄口。而这次，她竟然不怕大姐不开心，公然向姐姐发出了“连珠炮”：“大姐，你说你理财公司的高管要身份有身份，要收入有收入，如日中天的工作不做，偏偏卖这个膏药，这东西卖给谁啊？这也太不靠谱了……”说完直接挂断电话，不给她一分钟辩驳的时间，“嘟嘟嘟”的手机蜂音发泄着三妹的强烈不满。

博客好友说：“君子爱财，取之有道。你是个有文化的人，你怎么可以做这个？”看这语气，分明是雅丽不靠谱的举动为他这个清高的君子所不齿，所以没有丝毫客气，将她拉黑了！

寥寥无几的支持者，仿佛雅丽害了瘟疫一样，只听唰一声，所有人瞬间闪身而去，众叛亲离！原来众人关注的朋友圈一下子鸦雀无声了。

面对怕人的死寂，一首凄美的歌从她心底涌出:“我是一匹来自北方的狼，走在无垠的旷野中，凄厉的北风吹过，漫漫的黄沙掠过。我只有咬着冷冷的牙，报以两声长啸，不为别的，只为那传说中美丽的草原。”

传说中美丽的草原是什么？是用心传递的健康事业！是用爱成就梦想的荣誉感！

与生俱来的性格怂恿着文弱的雅丽：要么不做，要做就做到最好！凄厉的北风算什么？它只是传送你长啸的载体！漫漫的黄沙算什么？它只是记载你跋涉足迹的典籍！

昂着头，雅丽走入了最亢奋的经历，短短几个月她从微商小白做到公司董事，建立了拥有 100 人的团队，并创月销售 20 件 2000 盒的纪录！谁都不曾想到，一个月，她赚了一个普通白领一年的工资！

老妈喜出望外，她做梦都没有想到她的女儿还有这样的能量！三妹发声了:“大姐，你天生就是做销售的料啊！”给了她太多质疑的闺密向她靠拢了:“雅丽，我跟着你分块蛋糕能行不？”

雅丽成功了，她的团队人数越来越多，吸引来的优秀者之众，出乎她的意料。

2018 年 8 月，当她站在世源假日酒店领奖台上时，热泪止不住从她那双美丽的大眼睛里奔涌而出，滴在大红的荣誉证书上。

站在领奖台上的“膏药西施”，惊艳了微商世界，那一刻，她满腹的辛酸化作了甘醴，醉了她被梦想鼓噪的心田。

从企业高管到微商大咖，从理财高手到“膏药西施”，她的美丽在不经意间展示着。雅丽以一颗剔透的心，对待她的客户和代理，用纯粹的良知规划她的人生。她很庆幸，两年前她的一个正确选择，带动了上千人找到了自我，实现了人生价值。一个人让自己的梦想照亮了现实，是“小我”人生。能用自己的梦想去点燃别人的梦想，让自己蜕变成时刻播种梦想的人，这是“大我”。

如今的“膏药西施”，已经完全脱离了10年前痛失爱侣的悲切苦海，她于淡定、从容、坚毅、果敢的淬炼中，涅槃重生了。

一半烟火，一半清欢

■文雪梅

单位装修，来了几位粉刷女工。她们站在高高的脚手架上，攀上爬下刮大白，脸上、身上溅满了白灰，像个花脸猫。

那个周末，值班的我正好碰见准备干活的女工。让我想不到的是，她们也和天底下所有爱美的女人一样，穿着高跟皮鞋，拖地长裙，提着时尚小包，化着淡妆，散发着娇柔和妩媚。然而，转眼间，她们就换上了浅蓝色的工作服，她们有的拿着刷子，有的手持刮刀，忙不迭地开始劳作了。

办公楼里不时会听到女人们爽朗的说笑声和悦耳动听的音乐："你在南方的艳阳里，大雪纷飞，我在北方的寒夜里，四季如春，如果天黑之前来得及，我要忘了你的眼睛，穷极一生，做不完一场梦……"往日庄严肃静的办公楼开始热闹起来，没有了烦琐的工作束缚，没有紧张快节奏的办公氛围，受她们的影响，我的心情也变得豁然开朗起来。

工作间隙，我走出去，有一搭没一搭地和她们聊起来。原来，这些女工大多是郊区的农民，他们利用农闲时间，去劳务市场找活干。虽然工作很辛苦，但是每天能挣上两三百元。一位女工笑着说："虽然比不上你们这些白领，但是已经不错了。我现在供儿子上大学，将来还想在城里买房子呢！"紧接着，另一位女工说："最近几年，在国家精准扶贫的春风吹拂下，农民的日子是芝麻开花节节高，吃的穿的用的都不愁了。"她们面带笑容说着、工作着，我能感觉出来她们内心的喜悦。

穿上工作服就是职场打拼的女强人，换下衣服，就是世俗烟火中的小女人，爱美爱唱爱跳。饮酒半酣正好，花开半时偏妍。生活就是这样，一半烟火，一半清欢，于无声处听惊雷，于无色处见繁花，如鱼饮水，冷暖自知。她们既能入得了厅堂，也能下得了厨房，硬生生地让平淡的日子过成了一首诗，惬意的享受诗意与芬芳。

现代女作家三毛说：“如果有来生，要做一棵树，站成永恒，没有悲欢的姿势：一半在土里安详，一半在风里飞扬；一半散落阴凉，一半沐浴阳光。”凡事不能太圆满，一半，一半，是一种人生的高境界。既是红尘中的凡夫俗子，也不做生活的奴役，无论身在何处，总能随着自己的心意活着，洒脱又不失优雅。

我有一位作家朋友，已出版了好几部长篇小说的她竟然是农民的身份。每次笔会见面时，她总是侃侃而谈，笑靥如花，大家一起毫无顾忌地开怀畅谈文字、爱情和生活。她说，白天，她要下地干活，经营家里的一亩三分田，辗转在青山绿水、田埂庄稼里；晚上回到家，围着锅台为家人准备晚餐，一边做着家务，一边思忖着小说的内容，打着腹稿。等忙完家务后，已是夜深人静时。这时的她拖着疲惫的身体，独坐灯下，在键盘上自由敲打，思绪犹如泉涌，任涓涓细流讴歌生命的美好，和风细雨诉说人生的真谛。作家，农民，看似两个风马牛不相及的身份在她那里却融为一体，被演绎得精彩无限。

当我问起朋友是怎么做到劳动和写作两不误的，她笑着说：“生活中有太多的无奈和惆怅，即使过得苦不堪言，也要装作风轻云淡。再说，

《慎独》（国画）
杨晓颖 | 云南省保山公路局
三等奖

我都习惯了这种生活了，边劳动边写作，左手在田野里种下诗意，右手在文字里收获快乐，劳逸结合，何乐而不为呢！”

左手在田间播种，右手在键盘上写作。这样的生活的确充满诗意。生活中不止眼前的苟且，还有诗和远方。世界上没有绝对的完美，一半烟火，一半清欢，只要坚守一颗美丽的初心，纵然再波澜不惊的日子也能过得如诗般活色生香。

谁言奴隶不将军

■喻贵南

早上的长沙街头，车水马龙。喻淑兰牵着女儿的手送她上学，将孩子送到学校后，转身回家。在快到租住的小区时，路边一家广告公司的招聘信息，吸引了喻淑兰的目光。“招聘做饭阿姨？”喻淑兰轻轻嘀咕了一声，心想自己一家三口，仅靠丈夫一点儿微薄的工资度日，日子过得实在是太紧了。自己每天除了接送孩子上学，也没什么事，如果在不影响照顾家人生活的前提下做一份工作，也不错哦！

只是做饭阿姨工资不高，反正就做两顿饭，低点儿也行。喻淑兰想好后，便拉开了广告公司的玻璃门。办公室内有个女的，四十来岁，是该公司的老板娘，正坐在电脑前忙着工作。见有人进来，她忙站起身打招呼。喻淑兰说明来意，老板娘说：“可以啊！今天试试你的厨艺，大家觉得味道还行的话，明天你就可以来上班。”

就这样，喻淑兰成了广告公司的厨娘，每天给 10 多个人做饭。吃饭时，大家聚在一块，除了说东道西外，聊得最多的便是你今天拉了多少单，他这个月做了多少业务，等等，全是广告公司业务方面的话题。每每听到这些，她这个门外汉，感觉自己就像一只丑小鸭，在听一群白天鹅在身边引吭高歌。尤其是知道她们的工资高出自己好几倍时，让她有种天上地下的感觉。

饭后，看着与自己年龄相仿的员工，有的在电脑上设计广告图，有的在工作台上用不同的材料又比又画，怡然自乐。她则一窍不通，无所事事。她觉得自己犹如一个给外星人送外卖的地球人，什么都不懂。这种低人一等的滋味，让她心里很难受，有些不甘。

她开始留意这些员工每天忙碌些什么，一有空闲，就往他们堆里扎。偶尔，帮他们拿一下这个，或者递一下那个。慢慢的，她对一单广告生意完成的流程及所需的材料略知一二了。

有一天，她跟老板娘说：“我也想拉业务，可以吗？”老板娘看着她说：“可以呀，只要你愿意。”她说：“我已经在我们小区里拉了一个客户，她有个店铺，要做广告，要我先弄个设计图给她看，但我不会弄啊！”老板娘一听，哈哈大笑，说：“想不到你一声不吭就拉了一单业务，不错啊！设计图嘛，不会弄没关系，让刘姐帮你弄一下。”

第一单业务拉成了，同事们帮了不少忙，尤其是设计图她一窍不通，全都是同事帮忙设计的。这让喻淑兰意识到，要干好这份工作，学设计成了重中之重，否则将大大降低业务的成交率。

于是，她请人在自家的电脑上装上设计软件，一有空就琢磨如何设计广告图。学设计，首先得会操作设计软件。可她之前没有接触过，很多时候，用着用着不知按了哪个键，设计的草图没了，就连工具栏都找不着了，也不知道该怎样恢复……

设计还没学到皮毛，娘家却又传来母亲病重的消息。为了照顾病中的母亲，她只好辞职回了偏僻的山沟沟。那里，可是个连网络都没有的地方。母亲离世一年多后，她又开始继续琢磨广告制作和设计。有时候，走在路上，她会盯着路边店铺的招牌，或形式各异的广告牌，半天半天地在那琢磨。

《江南水乡》（油画）
杜　鸣
中国铁建电气化局西安公司
优秀奖

有一天，她跟老公说："我们也开一个广告公司吧！"老公回答说："你有十足的把握吗？"她半开玩笑半认真地说："没有十足，连六成把握都没有，但我不想做'奴隶'了，想试一下做'将军'的感觉。"老公说："我也不想做'奴隶'了。"

于是，两个不想做"奴隶"想做"将军"的人，真就租了一个小门店，做起了广告生意。万事开头难。初期，她既要去揽业务，又要设计制作，还要亲自去施工。

有一次，她接了一个二楼在玻璃上制作粘贴广告语的业务，由于不懂行，价格要得太低，因奖金短缺，若雇人去做的话，不仅不赚钱还得赔钱，于是她自己站到玻璃雨棚上去粘贴。恐高的她，胆战心惊地忙活着，由于技术不娴熟，原本可以一天干完的活，结果加班加点干了三天。晚上孩子没人管，便把孩子带到工作现场，困了就在地上铺一些纸壳什么的，让孩子睡在上面。

夫妻俩经过打拼，广告公司的生意越来越好，业务范围不断扩大，客户稳定。几年下来，积攒了一些钱，不满足现状的她于是投资建了一个小型家具加工厂。因奖金短缺，请不起熟练的师傅，只能请没经验的帮手。由于帮手没经验，什么都得教，稍不留神，就得返工。而她，对产品质量的要求相当高，有个帮手受不了这种高要求，辞职不干了。眼看交货日期临近，不能失信，于是她通宵达旦地加班工作，最后按期交货。

为了让帮手的工作更简单一些，在生产木器办公家具时，她得空就琢磨。后来，她终于开创了独一无二的数控下料法，不但尺寸精准，而且融入了镂空雕花，让原本呆板的家具，在实用的同时更富美感。

多年的拼搏奋斗，积攒了很多工作经验，在广告设计与制作这一块，她已是轻车熟路。科佳商业 、139 快捷酒店、税务局、中信银行等公司和单位都有她设计制作的广告。她创建的湖南双舞建设工程有限公司，眼下主营装饰装修、广告标识、亮化工程、市政工程、光伏电站等项目，不再是最初单一的广告设计了。而她的手下，也有了聪明能干的一班人马。

生意越做越好，有了钱的她在湖南长沙市天心区中建芙蓉嘉苑，购建了属于自己的宽敞而又明亮的办公室，还置办了几处住所，不再是之前租房度日的月光族了。

在自己致富的同时，她不忘回馈社会，帮助他人。今年，她就向浏阳及另外几所贫困小学捐赠了教室里所有的灯具，而且一直资助多个贫困家庭的孩子读书。

谁言奴隶不将军。喻淑兰的事例让我们明白，事业上的成功是奋斗的结果，不拼搏，奴隶永远成不了将军。

香香的味道

■党莉岩

“起床啦，起床啦，该去上学了！”这是桃子每天叫她小宝的声音，声音很高，但却带着几丝倦意，还有几分怨气。

日复一日，年复一年，这样的日子何时才能到头？自从桃子和她丈夫从工厂下岗后，她经常这样问自己。孩子还小，一个普通工人家庭，屈指可数的积蓄，哪能容得他们这样天天在家等！

“妈，我走了。”孩子稚嫩的声音打断了桃子的思绪。“走吧，走吧！”桃子随意地挥了挥手，并递给孩子 2 元钱，孩子不满地看了看妈妈，想要张嘴说什么，但看到妈妈严厉的眼神，下意识地把嘴又闭上了。孩子带着木然的表情出门了。其实桃子看得很清楚，她也想对孩子说话温柔些，她不想扮演“恶妈妈”的角色。但是话一出口，总是多多少少带点儿火药味，这让她后悔，但又无法自拔。但有一点，桃子还是很讲原则的，那就是除了必要的费用，她不能答应孩子什么，更不能给多余的零花钱，因为一家人生活用钱的地方还多着呢。

忙碌完早晨，桃子终于松了一口气，她换上整洁的衣服，又去了不知去了多少遍的劳务市场。尽管不抱什么希望，但是总希望奇迹发生，就像千百万彩票迷的心理一样。桃子真真切切有这种心理，只是她不是去买彩票，而是去找工作。临近中午，桃子还是失望地从劳务市场走出来，不是因为岗位少，而是大多数岗位都不太适合她，孩子上学需要接送，时间方面保证不了的话，还是不去应聘的好。

桃子住的院子里有一家美容院，她经常能被免费普及一些美容知识。她清楚地记得有一次美容顾问告诉她:“经常嘴角上扬不容易出现法令纹。”于是，桃子无论想笑还是不想笑的时候，都会刻意地将自己的嘴角上扬。因为爱美之心人皆有之，尽管生活的压力已经让桃子身心憔悴，但她依然希望自己保持美丽，毕竟自己还没有过不惑之年。可是今天，桃子怎么努力将自己的嘴角上扬都无济于事，她只想哭，找个没人的地方大哭一场。

早市的小商贩已经开始陆续收摊了。桃子看着来去穿梭的行人，看着推车的商贩，心里猛然间升起了一丝希望。桃子从小就是个不轻易服输的人，倔强的性格让父母觉得她有点儿像个男孩。决定往往就是某个瞬间激情与逼迫相互交织的产物，桃子也不例外。就是在那一瞬间，她决定自己摆早市做早点。想到此，桃子有些激动，感觉自己的步子瞬间轻了很多，快了很多，自信再一次回到了桃子的身上。路没走多远，桃子已想好了经营什么，那就是自己从小爱吃的鸡蛋灌饼，那是母亲的绝活。儿时，尽管生活条件艰苦，但每到节假日，母亲还是会拿出平时攒下的鸡蛋，为桃子做松香可口的鸡蛋灌饼。每每想起时，桃子都会不由自主地舔一舔嘴唇，就像小时候刚吃完鸡蛋灌饼一样。桃子做得虽然没有母亲做得那么纯正，但做饼的步骤以及食材的用量，桃子还是完全掌握的，加之自己经营了小家后，厨艺也比当姑娘时进步了许多。想到这些，桃子在欣慰之余，不得不对自己产生了疑问:“怎么才想起来摆早市？是不是自己真的落伍了？”

回到家，桃子翻出了家里的存折，计划着投资的数目：煤气罐、案板这

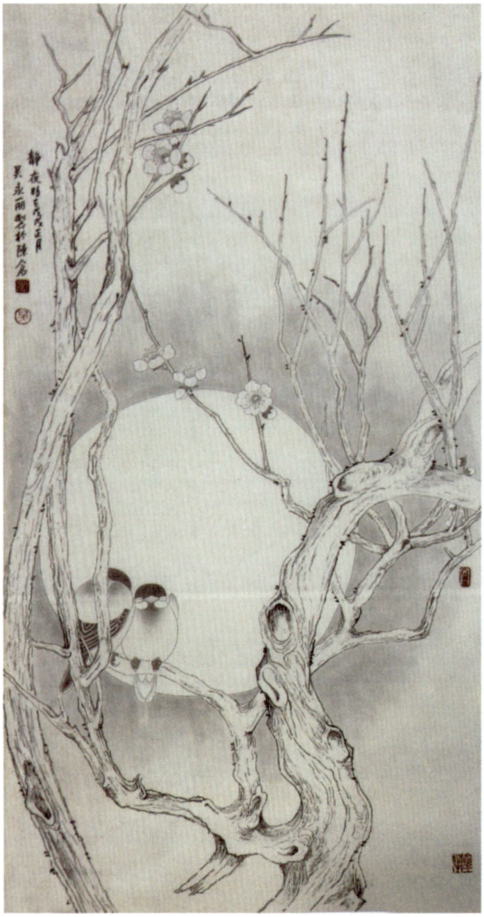

《静夜》（工笔画）
吴永利
宝鸡石油钢管有限责任公司住金公司
优秀奖

些家里有；每天计划10斤面，要优质的，一定要做得好吃；对了，还要买菜籽油，小时候母亲做的都是用菜籽油，只有这样才是正宗的……桃子一边盘算着，一边考虑着家人的反应。

晚饭的时候，丈夫和孩子都回来了，桃子看着给别人打零工又挣不了多少钱的丈夫，积攒了一天的怨气又不得不咽了回去。饭桌上大家都很沉默，只能听见吃饭的声音。桃子看大家吃得差不多了，便清了清嗓子，对大家说："今天想和你们说个事，我想去摆个早点摊，卖鸡蛋灌饼。"沉默，又是一阵的沉默。过了一会儿，桃子的丈夫点了点头，叹了口气说："好吧，你决定的事情，拦你也没用，想去就去吧，不过我得提醒你，咱家可经不起折腾了！"桃子当然明白丈夫所说的"折腾"指的是啥，唉，也确实难为了这个大男人，不去打这个零工，家里真的要捉襟见肘了！“小宝，从明天开始，早上自己起床，以后妈妈走得早，要去干活，不能再像以前那样叫你起床了，明白吗？”“明白，妈妈！”小宝低声地说着，头埋得更低了。

就这样，忙前忙后一阵子的准备，桃子的早点摊终于开张了。这一天，太阳像是为桃子庆贺一样，格外明亮鲜艳。丈夫帮桃子把车推到门口，便上班去了。桃子左右张望着，等待着她的第一位顾客。一位，两位……桃子不停地数着匆匆经过她面前的行人，但却没有人停下来留意她的鸡蛋灌饼！是摊位摆得不显眼？桃子下意识地又把车向前挪了挪，可还是没人光顾。她有点儿绝望地望着天空，尽管太阳刺射着自己的双眼。

“阿姨，给我做一张饼。”桃子像是被人敲打了一下，猛地回过神来，眼前是个 10 岁左右的女孩，正在笑眯眯地望着自己。“好，好……”桃子立刻忙碌起来。很快，一张黄澄澄的鸡蛋灌饼就做好了。小姑娘将手里的 3 元钱递给桃子，当桃子接过钱的时候，竟然发现自己的手有些颤抖。“奶奶，我要买阿姨的饼，特别好吃！”第二天，桃子依然发现了昨天的那个小姑娘。第三天，第四天……桃子发现了很多很多第二天变得熟悉的面孔。

桃子真的成功了，她开始笑，笑着面对客户，笑着面对家人。累的时候，桃子会梦见自己小时候房前屋后那一片片的麦地，还有妈妈为自己做的鸡蛋灌饼，那香香的味道，一直让桃子觉得很甜、很美！桃子的生意慢慢做大了，她的心也像桃花一样开了。桃子的鸡蛋灌饼车变成了店面，而后又开了一家分店。桃子还专门抽空学习了餐饮管理知识。如今的桃子已开了三家特色鸡蛋灌饼分店，生意越做越好。但桃子永远都不会忘记，第一天开张，她数过的从她面前经过的每一位行人。

月光温柔地洒在地面上，偷偷地钻进人们的窗棂、屋舍。桃子的家沉浸在一片烛光中，那是桃子在为小宝认真过的第一个生日。月光与烛光交织映衬下的桃子，显得格外温净如水。桃子端详着小宝，然后轻轻地将嘴唇放在小宝的额头上。“妈妈,您真美丽！我爱您！”小宝甜甜地说,伴着孩子的依偎,一滴眼泪悄悄地流出了桃子的眼眶！

清晨，小宝没用妈妈叫他就起床了，睡眼惺忪的他推开卧室门，一股香香的味道扑鼻而来，他乐了，看来今天的早点又是妈妈做的鸡蛋灌饼。

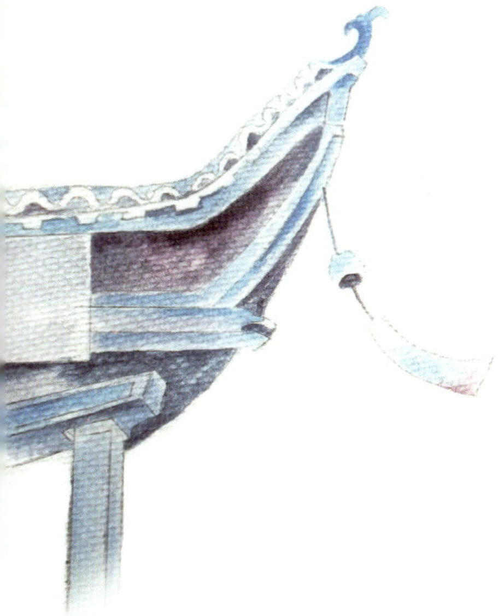

转角的风

长路无直线，直而不达远。转角的风，于转身处，催开一场花事。

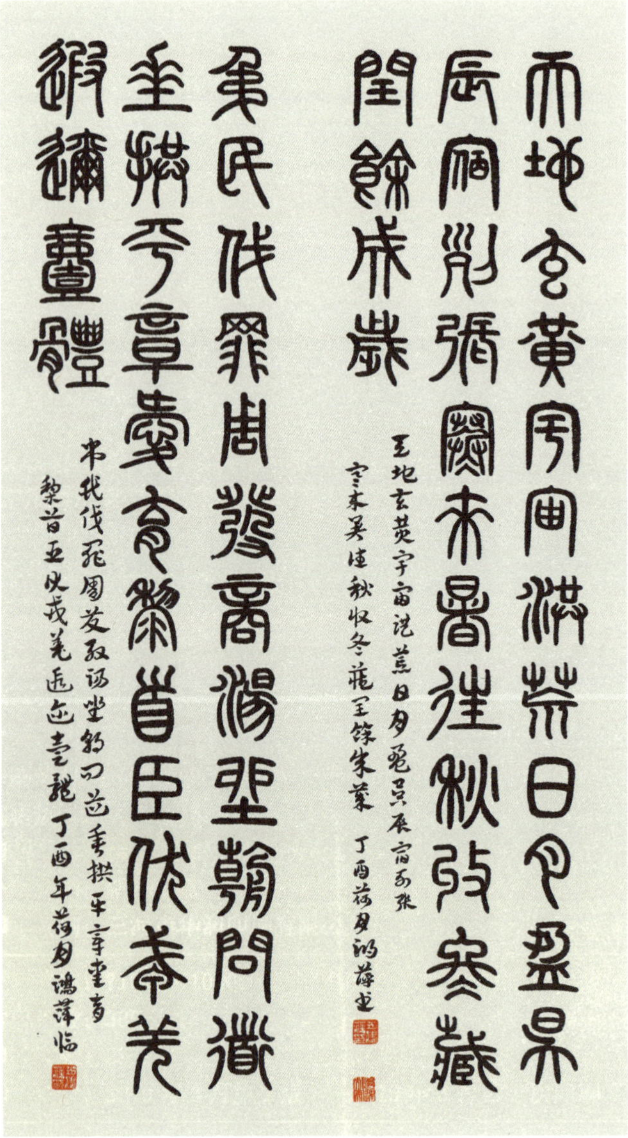

《千字文（节选）》（小篆）
肖鸿萍｜黔西南民族职业技术学院
三等奖

一念选择了幸运

■王薇华

15岁那年，我在阿加莎·克里斯蒂的作品中读到一句话：“你人生中的幸与不幸就在一念之差。”琢磨了一年，终于明白了“一念”为何意。随后凡事我都会习惯地问自己：我这一念，是选择了幸运还是不幸呢！

43岁那年，我完成了5年的博士研究生课程，终于戴上了梦寐以求的博士帽。博士论文答辩委员会主席崔教授推荐我进了博士后工作站。

面对是否进站，我陷入了举棋不定的焦虑选择中：是进博士后工作站再研究两年自己并不喜欢的博士专业？还是做点儿自己喜欢的工作？

两周后，偶然的机会，朋友推荐了一篇文章《哈佛大学排名第一的课程：快乐心理学》。快乐心理学，我喜欢的方向。很幸运，上天在我最迷茫的时候，为我推开了另一扇光明之门。

暑期的两个月，我在网上找到了涉及“快乐心理学”和“积极心理学”的各类资料和报道，一篇篇的阅读：人为什么不快乐？怎样的人生是幸福的？成功者的路径有什么秘密？对他人有用的人最快乐？生命的意义是什么？为什么要活着？每一篇文章都让我生命有了新的认识和浓郁的激情。

2007年秋季开学后，我没进博士后工作站，却开始了长达5年的跨学科自学积极心理学的研究之旅。

根据惯例，我首先对中国积极心理学的现状做了一个SWTO分析。了解了该学科在国内的现状、行情和稀缺，又给自己制定了三个方面的目标：一是大量阅读学术著作和写作文章；二是系统地研究课程体系和讲师课程研发；三是学习心理咨询和督导的技能应用。确定了大方向，我又制订了具体的学习计划和目标完成推进表。

期间，我向一位好友流露了未来5年的目标：成为行业内写作和出版著作最多的作家之一（完成两本著作）；成为学科内讲课最好的讲师之一；成为一名心理督导；第五年希望能在母校开设积极心理学公选课。

好友听完我的5年工作目标后，吃惊地看着我：“你要多保重呀，不要太累了。”

计划完善了，说做就做。我开启了每天有效工作时间10个小时的5年学习工程。

在专注研究积极心理学的5年里，我给自己设置了严谨又自律的学习计划和作息制度。每天自愿的手握着一个无形的小鞭子，抽打和提醒着自己：看书、做笔记、写文章、学习心理咨询和督导技术。连续5年，我在坚持中做到了高度的自律。

分享两个小故事。

2008年春季，我的研究生同桌来北京看我，坐在客厅里聊到过去的事，她伤感得泪流满面；走进卧室，看见墙上、备忘录板上，粘贴着我的学习计划、警示语言、阅读记录，她又感触得泪流满面。

“薇华，看见你屋里这些学习计划和奋斗警句，让我回想起18岁时拼搏高考的那些豪言壮语，可是这20多年，我再也没有当年的精气神了。”

我在京城最好的一位闺密，经常会拎着上好的食品来慰问我，每次都是大惊小呼地说："姐姐，我就是不理解，你每天守在这个几十平方米的小屋里，你图什么呀？你不憋屈吗？你不闷吗？让我这样守两天，我就要疯了。"

当一个人的内心绘制了梦想和美好的蓝图，外面的世界就是再精彩也没有内在的世界有魅力。

2010 年我的第三本著作《幸福力》出版，我在后记中写下这样一段话："过去的 4 年里，在繁华的北京城，在大学校园的一角，我的世界只有'积极心理学'。从最初亲朋们的质疑，到每年一本著作的出版；从自身心态的转化，到亲朋好友们的改变。眼中的世界，处处充满着精彩。"

《夏日午后》（油画）
刘建梅
江苏省淮安市涟水县第一中学
三等奖

每天，沉浸在积极心理的博大而清新的境地，与那些未曾谋面的心理学大师们促膝交谈，探究着幸福的源泉，研讨着快乐的方法，是我一天幸福的享受。阅读资料、记录笔记、撰写书稿，与网友和读者交往信件，一天又一天，心境在探索中越发的安详。

亨利·米勒说过："写作就跟生活一样，是一趟发现之旅。"

我的发现之旅是心理修炼之旅，是一趟快乐之旅。在研究中写作，在写作中传播。打开的是当下积极向上的感恩之门，关上的是一扇抱怨过去和忧虑未来的情绪之窗。旅途中我学会了表儒里道，懂得了行动要积极，心灵要安宁。

与其说自己是一位积极心理学的研究者，不如说自己是积极心理学的实践者。在帮助朋友排忧解难，为素不相识者带来快乐、走出心理困惑的同时，我是“施比受更快乐”的受益者……

时光如梭，5 年里我完成了 5 本著作，书籍出版字数近一百万。我成为一名职业讲师，做了两三百起心理咨询案例。第六年心想事成，在母校中国地质大学开设了积极心理学公选课《幸福学概论》，成为国内最早在高校开设积极心理学公选课的讲师之一。《幸福学概论》连续四年、八个学期都是中国地质大学（北京）排名第一的公选课。

如今一晃 11 年过去了，我已经出版了 8 本著作，成为积极心理学学科中出版著作最多的作家之一。

人的一天，大脑会出现 3 万到 4 万个念头。也许只有几个念头是最有价值的。若能坚守念头，这些珍贵的念头就成为改变命运的敲门砖、守住机遇的垫脚石。

我用这些珍贵的念头，选择了自己的最爱，坚定了自己的梦想，守住了自己的机遇。

一个人要活得好，不仅要睁大眼睛留意身旁的每一个机遇，还需要付出超过常人十倍百倍的努力。因为，人的一生能工作的日子并不多，能在工作中体验成长和享受福流的人并不多。

很幸运，我在路上，也在其中！

择而蹈之志青云

■尹慧

“凡星姐，你的证书少了一个吧？缺一个 8 月份时咱们开会你上台领的那个。”

没错，是少那个。

站在书柜前整理着被文友姐妹翻出来的获奖证书，凡星的耳边回响着波子的话。她的证书太多了，波子如果不告诉她少了一个，她自己都不知道。

一本本大红证书，是对凡星各个成长阶段的总结，也是对她在各个领域取得成绩的肯定。

凡星真不知道，如果当初她自己不坚持自己的理想，现在的自己会是什么样的境遇。

“我不……”

“我不。”

“我偏不！”

语气由弱渐强，眼神愈加坚定。凡星侧身紧贴着炕墙坐在木凳上，右手大拇指甲和食指甲嵌入炕席花里，再拔出来，反复着这个动作的同时，她的眼睛盯着奶奶的眼睛，眼眶渐渐湿润，水雾漫上眼睑，溢出眼帘。

奶奶看着孙女大颗大颗的泪珠从腮边无声滑落，听着凡星不容商量的语气，摇了摇头，连同她想把孙女嫁给城里人的想法一起，从心间摇落了。

“我只是一说，不同意就罢了。”奶奶搁下这句话，把烟袋放在炕沿上，拍拍屁股，生怕炕上的灰沾到她的青布棉裤面上，一步三摇地挪着她的“三寸金莲”，回她住的东侧小屋去了。

凡星长长地舒了一口气，用袖口擦了擦脸上的泪痕。坐在炕梢咳着的妈妈，挪到她的近前，抚了抚凡星的头发，柔声说：“别哭了，奶奶只是想让你早点儿有个好归宿，心疼你，怕你在求学路上受太多苦。”

“我不，我要上学，我绝不当没有文化的家庭妇女，整天围着锅台转，眼睛里只有巴掌大的一块天。那样的人生还有什么意义？”

凡星如愿了，她重返校园，继续读高三。

那是什么样的日子啊！凡星轻叹了一声，往事如幻灯片一样，在她的眼前重现。

星期六最后一节自习课。

下课的铃声响过，同学们都拿着饭盒去食堂吃晚饭了。凡星没有去食堂，她没在食堂订晚饭。

父亲刚刚过世，母亲带着她和弟弟过活，那种艰难的日子可想而知。懂事的凡星意识到：无论如何也不能挥霍妈妈给的每个月 15 元钱的伙食费，因为，那是妈妈借高利贷的钱。她把妈妈给她的 15 元钱分成 3 份，作为 3 个月的饭费。说是 3 个月，其实也只能是早餐的费用，缺欠的部分，自力更生。每天上完课，在同学们休闲的时候，她就去校外捡废品，卖几毛钱维持在学校的吃饭费用。

因节俭出名的凡星中午就没有吃饭，只吃了些星期天从家里带的炒熟的苞米豆。这已经成为她每天中午固定的“午饭”了。

《心灵的呼唤》（丙烯画）
赵亚丽 | 四川省巴中市巴州区第一小学
优秀奖

这种苞米豆也称“爆米花”，与我们现在吃的爆米花完全不一样。这种苞米豆是在烧着灶火的大铁锅里炒出来的，虽然被叫作“爆米花”，却并没有什么“花”，嚼一下，实心的苞米豆发出咯嘣咯嘣的声响。凡星在嚼着它的时候，还要格外小心，不要影响到别的同学。虽然这种嚼起来散发出糊香的食物味道不错，但却不可以多吃，因为吃多了胃会胀痛的。所以，她的“午饭”就没有吃饱过，只是充饥而已。

凡星在大朵大朵飘荡的雪花陪伴下，从去食堂吃饭的学生中分离出来，独自回到了宿舍，用自己独特的晚餐。一个馒头，一截大葱，一罐大豆酱，一碗白开水，对于凡星来说，这已经很奢侈了。

馒头是冰凉的，她却吃得狼吞虎咽，来不及细嚼，因为在下午上第一节自习课的时候，她的胃已经开始向她“抗议”了。没咬上几口，一个馒头就被凡星吃下肚了。吃完后，尽管她喝了两杯水，可还是觉得胃里空落落的，有些饿。 她从墙上摘下一个塑料装，里面装着一个白白胖胖的馒头。她伸手从里面拿出来捏了捏，放在鼻子下面闭着眼睛闻了闻，深吸了一口气，面香诱着她张开嘴巴，就在两排牙齿已经捕捉到细软的馒头时，她又把这个馒头从嘴边挪下来，放回口袋里。她不能贪吃，今晚吃掉了它，明早的早饭就没有着落了。明天是星期天，星期天学校食堂放假，没有早饭。她要把这个馒头留做步行 18 里路回家的给养，她要回家去取下一周的中午饭——爆米花。

凡星又喝了一杯水，把饥饿淹没了。

夜晚，她在冰冷刺骨的板床铺上，在呼出的热气附在头发上凝成水雾的宿舍里，把身体蜷缩成一团，用体温把被褥捂热，困意袭来时，凡星迷迷糊糊睡着了。

凡星第二天天不亮就起来了，就着大葱、大豆酱，吃完了她的馒头，便向家的方向出发了。

这条 18 里长的路，蜿蜒曲折，从田野里穿过。每隔三五里便有个村庄，像一条长长的线上缀着几颗纽扣。

夏天，茂密的庄稼，把这条路装饰成了绿色的迷宫，凡星就在这个望不到尽头的迷宫里行走。遇上大雨，路面泥泞，一踋一滑，双眼被雨迷住，浑身被雨浇透，满脚缀满了泥巴，走到家的时候，她已冷得嘴唇青紫并微颤着了。

现在是冬天，大雪下了一夜，白茫茫的路面，静静地伸向远方。凡星小心翼翼地迈着脚步，一脚下去，松软的雪在脚下塌陷下去，没过了小腿，并趁势钻进凡星的鞋帮和裤管，湿冷逐渐包围了她的脚踝，并慢慢漫上腿部……

风霜、雨雪、饥饿，没有什么能阻挡得了凡星向最初选择的方向前进的脚步。

高考结束后，凡星以优异的成绩考取了北京师范大学。

出乎所有人的意料，毕业后，凡星选择了回乡执教，她要把自己献给家乡的教育事业，给农村孩子的基础教育添砖加瓦。

优秀教师、优秀班主任、三八红旗手、教学能手……当荣誉接踵而至，幸运便尾随而来。

就在她把初二学生带入初三的第七天，有消息说县里要调凡星去政府做文秘工作。凡星写一手好字，更写一手好文，口才好，形象佳，那个位置，非她莫属。这个消息，对于凡星，是事业扶摇直上的云梯，而对于爱她的学生，则无异于当头一棒！

太多的深情捆绑着太多的爱戴，太多的眷恋挥洒着太多的不舍，全班58双泪眼撼动了凡星的心。班级团支书接受全班同学的请求，含泪起草了一纸挽留信，在凡星准备走马上任的当天交给了她。那一瞬，凡星满含热泪扫视着58张写满了期盼与渴望的脸，突然将调令撕得粉碎，抛洒在夏末秋初的风里……

为了爱戴她的学生，为了自己当初的夙愿，凡星留在了乡村校园，一留就是20年！

20年来，她甘愿用清贫谱写春蚕之歌，把人生最美好的时光奉献给了三尺讲台。

今天文友波子来看她的目的，是想给凡星谋个好职位。

她笑了："我不。哈哈，当老师虽然没有大把的钱可赚，但我的学生大都成了各行各业的精英，遍布各个领域，为祖国的繁荣发展作贡献，我赚的可是整个世界哟！"

她沉浸的世界，有他人无法感知的精彩和引力。

静美的微笑

■宁雨

一个微寒的下午，我敲开唐山陶瓷研究院一间创作室的门。迎接我的，是一张静美的笑脸。

太美了！如同初冬的河水，沉淀了季节的浮华，收束了百溪相合的力量，又回到无邪的童年。这让我瞬间忘却了张淑华的年龄，脱口一句：“您真美！”

张淑华，1949 年生人。小学时，她便在自家门扇上画下了第一张人物画作品。有个教美术的老师路过，惊为天才。21 岁那年，张淑华迈出河北理工学院轻工分院美术专业的门。她没有沿着人物画的路走下去，转身遇到另一所艺术殿堂——唐山陶瓷研究所。在这里，她开始了自己的“画瓷”生涯，一画就是 40 个春秋。

40 年间，张淑华经历了三次“艺术大考”。

第一次， 是刚进所，由在宣纸上作画改为给陶瓷产品作装饰画。

面对陌生的绘画介质，一时间让张淑华有点儿不知所措。好在，当时的陶瓷研究所人才济济，张淑华不愁没有好的老师指导。“瓷上谈兵”，老艺术家们从行笔、调色开始一招一式悉心传业，张淑华很快掌握了基本要领。几年之后，她已经在工笔花鸟等领域得心应手，将所里的传统强项釉上彩装饰技法修炼得驾轻就熟。

第二次考验，是 1976 年唐山大地震。那场大灾难中，张淑华美术专业

《露浓凝香》（工笔画）
王和平｜中国人民银行荆门市中心支行
三等奖

的同班同学几乎一半被夺去生命，她本人死里逃生，颈椎颈动脉留下后遗症。

颈椎出问题，这对一个需要长时间站着作画的人来说，意味着需要承受怎样的痛苦，常人难以想象。这一时期，张淑华的同行有不少人转业从事美术教学或其他工作。

画还是不画？张淑华坚定地选择了留在陶瓷研究所，她已经放不下那管挚爱的画笔。此后经年，她始终处于病痛与艺术的角力中。七节颈椎有六节增生，工作时间长或寒凉刺激，病痛都会来报复她。用眼过度，眼睛早早花了，30 岁时张淑华开始戴老花镜，后来作画时需要戴 500 多度的花镜。

第三次考验，20 年前由画花鸟到画人物的艺术转型。

当时 40 多岁的张淑华，在自己的领域里已经是炉火纯青，无论是新彩、原雕加彩，她的作品都被买家看好。但张淑华却突然进入持续的情绪低落期，甚至冒出搁下画笔不干的想法。

几个不眠的夜晚之后，她找到自己少年时的恩师、知名画家贾永林教授，劈头一句：“我要改画工笔人物。”贾老师看着她执拗得有点儿愣实的样子，欣然笑了。知徒莫若师，其实张淑华心意已决，见贾老师，似乎是为了寻求一种肯定的力量。

说干就干。不善言语的张淑华做起事来却十分果断，她找来王叔晖的工笔人物《西厢记》，华三川的《华三川人物画集》《华三川人物线描画稿》，手摹心读，办公室、家里到处是她的临摹稿。科班出身的陶瓷研究所艺术室主任，对张淑华敢于超越自我的艺术探索精神充分肯定，半开玩笑地说：“淑华真是画魔怔了！”

“晚上 12 点前没睡过觉。从大地震后，就没觉睡了，睡不着。睡不着正好画画、看书。见了人家画得好的，我不知道要反复琢磨多少遍。”张淑华平淡的叙述里，却充满着艺术的真味。

张淑华在瓷绘领域实现了两个跨越和突破。一是釉下青花工笔仕女，二是釉上青花工笔仕女。她的作品多次参加国内大展，并获得国家、省、市级奖励，多次被作为政府礼品瓷馈赠国内外贵宾。

我采访时，张淑华正在绘制金陵十二钗系列青花仕女大瓷盘。仕女图，从起稿、拓稿、勾线、上色，每个程序都融合了历史学、服饰学、美学等多个方面的知识。为此，张淑华反复阅读小说原著，查阅有关古代服装、发型、陈设、礼仪等方面的知识。她说，我有自己的美学观点和表达技法，即使客户有图样，也不能完全去照葫芦画瓢。人物的脸型、头饰、衣带，眼神、动作，甚至衬纹中花草的线条，都要细心雕琢。

谈到艺术市场的一些现象，张淑华坦然地说，也有人高薪约我去画瓷，我不去，够吃够花可以了。“我若不上班，跟胡同口其他老太太一样，扇着蒲扇聊天，我真不知道说些什么。能画画，就是我的福。”跟我告别，张淑华如是说。

时令正在初冬，阳光从细格窗爬进画室。回眸间，恍惚微笑着的张淑华就像一件纯净的白瓷。她太静了，静到波澜不惊。也许，正是这种静美的力量，指引她渡过艺术人生的每一次转折起伏。每逢大事有定力，是一种能力，更是一种品格。

叶子的声音

■李子燕

翻开身边的书籍，一枚树叶书签静静躺在书中，虽然没有了往日的光泽和气息，但纹理和叶脉依旧清晰，似乎在讲述着一个与生命有关的故事。

2014年，我有幸担任家乡电台节目《同一片蓝天》的公益主持人。期间，我听说了一个视障女孩杨畔的故事。后来在一次活动中，见到杨畔本人：红衣、马尾辫，笑起来淳朴、安静、甜美，是她给我的第一印象。据说，之所以取名“畔”，一是“盼”的谐音，寄予期盼之意；二是“畔”字分开后，左边是田，右边是半，就是把田从中间分开，两个日字代表两只眼睛——家长期盼着先天双目失明的畔，有朝一日能看见光明。虽然至今她还是看不到，但她唱的歌被家乡人誉为“天籁之音”，那歌声像缕缕阳光唤醒了沉睡的麦田，随之长出一片片绿油油的希望。

或许，世界上最美丽的事物，原本就看不见也摸不着，要靠心灵去感受。于是，我试着紧闭双眼，模仿女孩畔的样子，用指尖触摸每一样物品，感受她25年没有颜色的世界。摸索中，仿佛听到海伦·凯勒的声音：“黑暗将使人更加珍惜光明，寂静将使人更加喜爱声音。假如给我三天光明，我的生活、我的人生故事，将会不同。”我的心一颤，假如给畔三天光明，她的选择又会是什么呢？

好奇在心头徘徊，但我最终还是没问出口。25年来，畔不知自己悄悄想过多少遍，不知又偷偷哭过多少次，尽管我的问询出于善意，但让她讲不愿意回忆的往事，跟在伤口上撒盐没什么区别。想起曾经，很多人问我类似的问题:“假如还能行走, 你会选择什么样的生活？”而我, 大多一笑而过。其实，无论是否能行走，都应该好好向前走，何必刻意去选择呢？更何况，人生没有假如。

不过也有例外，那是在校园演讲的互动环节，有同学问我这个问题时，我给予了认真的回答。我说：假如还能行走，我只想好好体会一下“脚踏实地”的感觉，赤脚踩在草地上的感觉，光脚荡过小溪水的感觉，还有伴着“我们的祖国是花园”的旋律跳红绸舞的感觉；或者只是看到路边的小石子，调皮地踢一下；或者只是开心的时候，雀跃着蹦起来……这些看似简单幼稚的回答，其实是我的真实想法，只希望大家珍惜跑、跳、行、走的“特权”，珍惜生命中每一个月落与黄昏，珍惜所有值得珍惜的时光……

是的，生活就是这样，总会在某一时间发生一些事，瞬间触动某根神经，于是大的小的、深的浅的、远的近的，星星点点的记忆会如潮水般涌上来，提醒着我们：你是谁？来自哪里？将去向何方？然而我也非常清楚：想假如，是最残酷的痛。当一切成为既定事实，我们能做的就是勇敢接受，即使回顾，也不再忧伤。

女孩畔的眼睛里，有一片透明的湖泊，令我想到了羽泉的歌曲《叶子》：同样一个失明的女孩，一颗透明的心灵，一个善良的故事。这不是巧合，畔就在我身边，通过《同一片蓝天》的电波，我把她的故事讲给听众朋友听。畔说，因为身边有爱，所以快乐。在她的想象中，“蓝天”的蓝如父爱般宽广，“火红”的红如母爱般温暖。畔说她最喜欢“绿色”了, 因为那是叶子的颜色,散发着草木的清香；她想做一片叶子，翠绿的时候在树上唱歌，落下来的时候随着风跳舞……

在畔的描述中，“绿色”被赋予一种“味道”，赋予了一种美妙的声音。我会心地笑了——因为我也喜欢叶子，我也喜欢绿色，喜欢用叶子做书签。轻轻打开书籍，微微闭上眼睛，试着像畔那样用指尖感知叶子唱歌的声音。我仿佛看到：畔也笑了，她双眼里的湖泊，更加明澈；她的歌声，让绿叶有了舞蹈的力量……

于是，我产生一种错觉：或许每个人都是一片叶子，青青地来，淡淡地去，即使呼吸是短暂的，也要努力把色彩留给世间。只要心中拥有光明，哪怕在黑暗的角落里，也会看见多彩的世界，听见最美妙的声音。

《课子图》（国画）
胡丹丹
江苏省淮安市涟水县
经济开发新区中心小学
优秀奖

道路前面还有道路

■睢雪

“花朵不分大小，一年四季，只要朝气蓬勃地开放就会散发出美丽芳香；人活着无论身份高低，道路漫长，只要创造就有希望。”

认识亚娟的时候，并不觉得她有什么特别的创业精神。她个头瘦高，窈窕的身材穿一套深灰色的运动装，微笑的时候展示出一种自信和从容。和亚娟相识是个偶然，原以为只是一面之交，没想到保持联络 20 多年。只因为她的那句话，我想知道她如何散发芳香，如何创造希望。我心有疑问，是因为她的产业基础并不是自己创造，有一部分来自于父亲的赠予。

敬佩亚娟，是在漫长接触中了解到她不是败家女，不是坐享其成的享乐主义者，而是在父业的基础上不拘一格开阔思路，把一个并没有多大基础的产业发展到高峰。人们称她“富二代”，说她天生就是得意的女人，可她把自己看成是一穷二白。她在心灵深处埋下梦想的种子，要在一片黑土地上追求人生价值，目标是以最快的速度发展事业，用最真实的产品惠及他人。

亚娟正式经营花卉公司的时候才 27 岁。青春年少上任，她的心里承担着泰山般的压力。因为这个公司是她父亲创办的，占地面积 3 万多平方米，有花卉大棚 20 多个，大棚里培育了几万盆的君子兰。同时，拥有一座 4000 平方米的五星级宾馆。当时就有朋友对她说：“有这么好的条件还用你经营吗？只要把宾馆租出去，荣华富贵一辈子都够了，老爹给的资产够花到下一代。”

父亲也说:“你不用去冒险，我把要往前做的事情交给你兄弟。你是女儿，留给你的是不用操心的产业。如今君子兰不好卖，把宾馆租出去，够你好好享受生活了。”道理是这样,亚娟并不愿意坐享其成。她想道路是父亲开出来的，前方还有父亲没有开拓的里程，应该延续这条路，和兄弟们比翼齐飞。面对连排的花卉大棚，亚娟充满着花一样的朝气，她坚定一个信念，要和兄弟们一样闯出一番天地来。然而，花卉市场竞争激烈，这就意味着她的事业并不好开拓发展，所以父亲希望她保守经营。

亚娟作出决定，从培育优质花卉开始，改变不景气的花卉销售现状。上任伊始，她的思绪就像一团麻缠在一起。在 20 世纪 80 年代，君子兰市场曾经火爆全国，可后来却不停地降温。亚娟不甘心，花卉大棚里，她细心琢磨君子兰的培育方法。在她心目中，君子兰曾经是花中的骄傲，它以碧绿挺拔的叶片、端庄素雅的体态为人们所喜爱。能不能让君子兰东山再起？她想重新树立君子兰品牌。于是，她把研究君子兰作为首要任务。

也许人生经历过艰苦磨难才会为成功积累经验。培育新品种君子兰也是一样的，就如同挽救君子兰的命运。亚娟集中精力思考君子兰生长规律，不断地走访君子兰市场，学习别人培养君子兰的经验。这个过程很艰辛。有一天，她从外地回来已经是深夜，还为上万盆的君子兰浇水，累了也不肯休息。她手握水龙头不知不觉晕了过去，当她醒来时，水龙头还在像喷泉一样地流。她自言自语：原来做事这么难，不过没关系，艰难只是暂时的，不管怎样都要坚持下去。亚娟努力着，很快掌握了培育君子兰的方法。经过努力，她培育出和尚头、金丝兰、春城短叶等优质品种的君子兰。她的君子兰以叶片短肥、光泽亮晶、文理明显、花箭粗壮、花色艳丽的特点博得同行的赞誉和消费者的青睐，远销上海、北京、浙江等地。这一成功，为亚娟带来了自信。她把自己的品牌打入大都市，同时也把国内外名优花卉和盆草引进长春，为长春市的花卉市场增添了浓浓色彩。听说南方的绿宝石、鸭掌木等花卉在北方很受欢迎，她又与广州、福建、北京等地的花卉行业建立起稳定的合作关系，把君子兰等北方特有的花卉寄往南方，她的花卉公司很快火了起来。

《故乡》（彩铅画）
贺梦竹
中石油西南油气田分公司
华油公司佳源公司
优秀奖

创业，亚娟以她顽强的意志力不断开拓前方的道路。她既要稳扎稳打，又要飞速前进。她扩大经营范围，承包土地，在市郊建起70万平方米的花卉苗木基地，栽培了榆叶梅等数百种苗木和花卉。在那块飘满芳香的地方，她每天伴随着柔和的阳光，把心中的期待都洒落到花草树木。每每微风拂过，这里便是郁香满园。经营的道路，必须不断创新才能永续发展。她主动寻找与外资企业合作的机会，十分成功地与世界零售巨头沃尔玛山姆会员店建立了合作关系，把经营触角伸向外资企业，了解外资经营之道，学习外资经营理念，不断地学习经验。

在亚娟看来，经营的艺术在于找出自己的最佳方位，那就是天分、兴趣、才能的天然契合，这种天然契合能使人变得更加聪慧。父亲给她留下的宾馆是五星级的，如果租出去就有可观的收入，可她没有这么做，她要开拓新天地。在一个省会城市，大大小小的宾馆遍布街头，能够接待大型会议、招揽八方来客并不是很容易的事情。亚娟在管理上引进先进理念，提高管理水平，做好细节服务。刚刚接手，就成功地接待了全国各地大型会议上百次，增加了她经营管理宾馆的信心。每每接待大型会议，她既是指挥者又是服务员。在她心里，这是创造声誉的好机会，要了解怎样的管理能够满足客户，怎样的服务能够让人心暖。

道路前面还有道路。亚娟渴望未来的路，青草悠悠，红花满满。在亚娟看来，人生价值的最大体现，是在追梦的途中、奔跑的路上。到了 2018 年，是她创业的第 20 个年头，她已经承包土地千余亩，种植了绿色蔬菜、栽培了果园，形成一个绿得纯粹的蔬菜配送基地。仅杨树系列就有 30 多个品种，为全省面积最大的杨树种植基地。那里，是生命的原色，和亚娟骨子里的强悍一样充满着生命力。

花开的声音

■季纯

雪，轻轻地在天空飞舞，一瓣一瓣的雪，一朵一朵盛开的白色精灵，体态轻盈，洁白如玉。

她家门前的那树梅花开了。红色的梅花在雪的臂弯里微笑，笑容在雪的映衬下更加娇俏妩媚。在这寒冷的冬天，梅花一点也不觉得冷吗？幼时的她立在梅树下，看得痴了、呆了。她轻轻抚着一朵梅花问：“梅花，梅花，你告诉我，你有什么魔力？”

梅花含笑不语。一阵风吹过，她感到了丝丝寒意，而梅花则把自己的身板挺得更直了。她转身跑回到屋里。

“妈妈，你给我起的兰朵名字一点也不好听。我要把自己的名字改成雪梅！”她为自己的这个决定兴奋不已。

“你为什么突然要改名字？”妈妈问。

“是梅花告诉我的。它最勇敢了！”她淘气地说。

从此，她放弃了温室里的“兰朵”，改名直面严寒的“雪梅”。

她的家在大山深处，条件异常艰苦，村子里的小学只有一、二、三年级。从小学四年级开始，她便要背着咸菜和馍馍到距家十几里的乡镇求学了。即便如此，她也不觉得苦，学习成绩一直优异。

初二那年，她的脚得了严重的骨性关节炎，走路一瘸一拐的，本该静养的，而她没有请一天假，坚持天天上学。那条通往村外弯弯的山路上，留下她步履蹒跚的身影。赶上雨天路滑，她常常忍着疼痛，正着走几步，倒着走几步。因为错过了最佳治疗时间，她的脚变形了，越来越严重。她原以为只要自己足够坚强，就会战胜一切，而她却无法战胜疼痛的脚。慢慢的，她感觉自己要奋进，而命运却拽着她的腿不让她前行。正值青春期的她，心态悄悄地发生了变化，原本自信、活泼、乐观的她变得自卑、敏感、多疑。她开始失眠、焦虑、恐惧，加之学习压力大，高三那年，抑郁症缠上了她。悲观、痛苦的她甚至想过结束自己的生命。即使在这样的情况下，她依然考上了大学，当然不是她心中理想的大学。大一的后半学期，她的抑郁症越来越严重，最后不得不休学一年。

在家里静养，她百无聊赖。有一天，外面下起了雪。雪花飘落在她的手心，手心冰冰的凉，心里暖暖的热。也不知她在哪里看过这样的一句话：雪是梅的前世，梅是雪的今生。突然间，她想起了老屋门前的那株梅树。

是啊，好久没去老屋了。在雪地里，她一步一步走着，踩着一片一片的碎琼乱玉。老屋的窗户已经斑驳，院子里长满荒草，让她惊喜的是，她又一次看到了门前的那一树红梅，嗅到了梅花的芬芳。满树绽放的是梅花热情的笑脸，仿佛在迎接久违的老友。

这么多年，她长大了，梅树也老了。老去的梅树却从没有放弃绽放的初心，即便是在无人问津的废弃老屋。此刻，那首著名的诗《梅花》妥妥帖帖地涌上心头：墙角数枝梅，凌寒独自开。遥知不是雪，为有暗香来。

雪越下越大，梅花在纷飞的雪里依然笑得灿烂，迎着寒风，一脸阳光。她心想，多年的梅树未改绽放美丽的初心，而如今的自己为什么竟如此消沉？

她轻轻抚着梅，抚着梅的灵魂，抚着梅灼灼的等待，梅在等待什么？梅在等她来，等她从尘梦旧影中醒来，百转千回，为的是再次相遇。她泪湿了双眸……梅，是大自然的智者，唯有智者的灵魂才如此高洁美丽。

幼时，她为了更名“雪梅”，当时自己是多么激动！多年过去，自己怎么就和雪、梅走得越来越远了呢？看看现在的自己，哪里还有雪的品性、梅的风骨？

老屋前雪中赏梅后不久，她的抑郁症竟奇迹般好了。她的心情不再抑郁，脸上开始有了笑容，重返大学校园，继续美好的大学生活。大四时，她为了考研，整个人瘦了一圈，尽管如此努力，依然较分数线差了两分，她只得先参加工作。孩子3岁的时候，她一边工作，一边带孩子，一边刻苦学习。功夫不负有心人。她终于考上了研究生，之后又攻读了博士。

她的脚依然是老样子，那又有什

《溪山古居》（工笔画）
钱婉琪
中铁十八局集团国际公司迪拜公司
优秀奖

么要紧呢？走过长长的岁月，她笑得云淡风轻。

她申请了 QQ 号，在填写昵称时，她毫不犹豫地写下：踏雪寻梅。可能有许多人用这个昵称，但又有谁知道她这个昵称背后的故事呢？

有多少人只看到梅花开枝头的艳丽，却听不到梅花开的声音。这是什么样的声音？有直面严寒痛苦挣扎的声音，有孤独哀伤流泪的声音，有怒放寒冬微笑的声音……相信每一朵梅花都有自己的心语，在风里、雪里，在暗夜里、阳光下，无论你听到与否，它依然像一个美丽的姑娘在心底轻轻地诉说着。

走过雪的那一片白，心中的梅十里飘香。又一次，她站在梅的身旁。阳光透过云层从四面围拢过来，带着丝丝清甜的笑意。她伸开手臂，放一朵梅花在手心，寻一缕芬芳，拥着梅的衣角，静静倾听梅花的低语。

我的记者梦

■邹安音

白驹过隙，太匆匆。

那一年我 23 岁。刚大学毕业，分配至重庆市大足县弥陀中学任教。

这是城郊的一所乡村中学，每天放学后，铃声便牵走了几乎所有的老师和学生，留下孤独的我面对异乡的夕阳感伤。折回寝室后，蜷在寂静的小屋，铺开稿纸，开始与文字对话。中文系毕业的我，从小酷爱文学，好在还有梦想可以温暖现实。

大足有个龙水湖，傍依玉龙山，淌出的清泉汇成小河，流过我家老屋。我是喝着湖水长大的，心底时常镌刻着它的身影：白鹭在青松上翩飞，扁舟在绿波中荡漾，杨柳在小岛上垂绿，荷叶在湖岸边打卷，我们在坝堤下奔跑……

没想到工作后，龙水湖依然出现在我的视野，白鹭、绿波、柳枝、人……它是《大足报》副刊的图标，也是县内外众多文学爱好者心中的一道风景、一泓清泉，能滋养灵魂。闲暇，我拼命地写，亲情、爱情、景致、物事……都化作汩汩奔涌的泉眼，涌向龙水湖。仍记得一篇篇变成铅字的作品名字，都是散文。《深埋心底的梨核》，是写去世的哥哥；《小街飞过鸿雁情》，是写镇上的邮递员；《暮归》，是写高龄的妈妈；《山魂》，是写石刻之乡的宝顶……每篇作品后都有一个责任编辑的名字：龙良骅！虽不曾与之相识，但其每次简短的点评信件却亲切自然，仿佛邻家大哥。自此，这个名字就再也不曾跳出我脑海。因了“龙水湖”的浇灌,我的作品开始出现在省内更知名的报刊上。

翌年夏,《大足报》一则招聘选拔记者的启示深深吸引了我,并极大地刺激了我的神经,我渴望走出这狭小的空间,希望在更广阔的天地飞翔,让文字和家乡的山水乡情融合。我兴致勃勃地翻出所有发表的作品,同时附上一封自荐信,给时任的县委宣传部长黄铭。还记得其中两句:我是一个农民的女儿,有的是刻苦耐劳的精神;我不是千里马,依然想发出长长的嘶鸣!没想到就是这一封“非千里马”发出的信,让黄部长约见了我,他的第一句话便是:我也是一个农民的儿子,相信你!

就这样,我成了《大足报》的一名实习记者。在编辑部,我第一次与龙良骅老师相见。戴眼镜,身材适中,面容敦厚,不苟言笑,这是他给我的第一印象。握手时,我发现他的手粗糙厚实,不禁纳闷:这就是名震一方的才子的手吗?不像是拿笔的,倒像是拿锄头的!

报社在北山脚下,两层楼,十几个员工。此次实习的记者共4名,两男两女,但只能从中选拔一男一女。我的希望是百分之五十。我的竞争对手是一名30多岁的女教师,长得很美,背景不错,与人相处的艺术也周全细致,这是我不能比拟的。实习期是两个月,但不到一个月,我就知道我的结局。

我很沮丧。或许我的心理态势引起了龙老师的关注。平时他是不爱说话的,总是慢慢地走路,慢慢地做事。他的办公桌上堆着一大摞各地寄来的文学作品,时常看他挥舞着一把大剪刀,咔嚓咔嚓。一张县级的报纸,他却把一个“龙水湖”副刊办得风生水起,总是有文学爱好者来拜访他。那天又有一个山区的女作者专程来访,龙老师叫我晚上一起吃饭,陪陪这位女作者。

原来女作者居山区,初中文化,身有残疾,但其文学天赋较高,且笔耕

《青春赞歌》(国画)
穆　丽
中国石化集团中原石油勘探局
有限公司培训中心基地第四幼儿园
三等奖

不辍。她告诉我:“龙老师不会放过每一个向文学靠拢的人。”知悉情况后的我,颇受震撼。那天晚上吃的火锅,席间还有大足的几个文友,何亚、赵立华等。因为志趣相投,一向沉闷不语的龙老师显得格外轻松活跃,笑得很爽朗,大口喝酒,我发现他的酒量很好。此时我才得知他的身世:高中毕业后回乡政府务事,后因超生被开除工作,因突出的文学才华被选聘到报社当编辑,妻子在乡下务农,一人挣钱养家糊口。我终于懂了他忧郁的表情,以及他那一双拿笔的粗糙双手。

实习结束,我黯然回到弥陀中学,继续执鞭任教。初始受挫,心绪难平,不再看书,不再写作,长达两年。我不知道,背后有双忧郁的眼睛其实一直在注视着我,鞭策着我。那正是秋天开学季,一封来自《大足报》社的信落在我手心,只有短短几个字:安音,其心也安,其音也喑?信没有落款,却犹如一把铁锤,重重地敲在我心上,让我疼痛不已。

我竟然迷失了自己。我不能让自己迷失!

光阴荏苒。教书、看书、写作，结婚、成家、生女，近而立之年。

夫是城郊某部的空军军官，我们居部队家属区，交通信息都很闭塞，周末才有场部后勤开通的大巴到县城购物，生活极为不便，孩子们的就学条件也十分不利。每天放学后，我骑着自行车从机场穿插而过，凝望前方宽阔的跑道尽头，心中都会涌升淡淡的哀愁：这样的日子什么时候结束呢？

孩子 9 个月了，已经结束母乳喂养，需要每周末坐部队大巴到县城买营养粉和奶粉，没想到我的人生分水岭，也从一次购买奶粉开始，就像孩子的断乳，离开居住多年的部队，再也未回去。

那是 8 月一个很热的天，我在买奶粉时，偶然瞥见店里摆着的《重庆晚报》上面登着一则招聘启事：新华社重庆分社《重庆青年报》招聘记者。我抑制不住内心的喜悦，要了这份报纸，急急赶回部队，收拾好衣物，抱着孩子回了娘家。母亲正在田间收割稻禾，我把熟睡的孩子放在床上，转身火速坐车赶到了重庆。

抱着发表于各地的厚厚一大堆作品，我在渝北新华社重庆分社高高的台阶上徘徊了一会儿，盯着蓝色的玻璃门看了很久，然后镇定自若地推开了它，自此也打开了我人生的另一扇门：当天进行了严格的笔试面试，回家一个月后，我接到了报社的录用通知，成了 3000 多名应聘者中的幸运儿！

那一刻，我拨通了龙良骅老师的电话，喜极而泣！那一天，我就此打开自己通向山外的世界。

水到绝处是风景

■文雪梅

带女儿外出游玩，在山涧中有一条清澈的小河，河水湍急，弯弯曲曲一直流向远方。10岁的女儿天真、好奇，她望着那条河，边戏水边问我："妈妈，我想知道它究竟流向哪里了？"我告诉女儿："一个遥远的地方。"

可是，女儿对我这个模糊的回答却不是很满意。她竟然一个人顺着那条河慢悠悠地向前走着。当然，我是不放心的，就偷偷跟在女儿的身后。只见她一边走，嘴里一边念叨着："小河，小河，哪里才是你的家呢？"走着走着，河流不见了，流经前面的悬崖形成一条小瀑布。女儿在我的陪伴下，远远地站在崖边，望着飞溅的水花，眼里满是惊喜："好美，好壮观啊！"水到绝境成飞瀑，反倒成了一道美景。看来，绝境有风景。

想起闺密子涵，那年，她以几分之差高考失利。十年寒窗苦没能敲开高等学府的大门，梦碎心也碎了，她的心里满是沮丧和失落。一个农村女孩子，只有挤上通往大学的这座"独木桥"，才是她唯一的出路；可如今，一切都成了泡影。于是，她将自己关在黑暗的小屋里，几天几夜不出门，心情坏到了极点。任凭家人、朋友怎么相劝，她还是控制不住自己的眼泪。子涵想过远走他乡流浪，甚至想过轻生。直至语文老师的到来，才改变了子涵的想法。

语文老师语重心长地安慰她："你的高考成绩虽然不理想，但是，作文却写得特别好，省文学院这次刚好有破格录取的机会，你可以去试试！"最终，

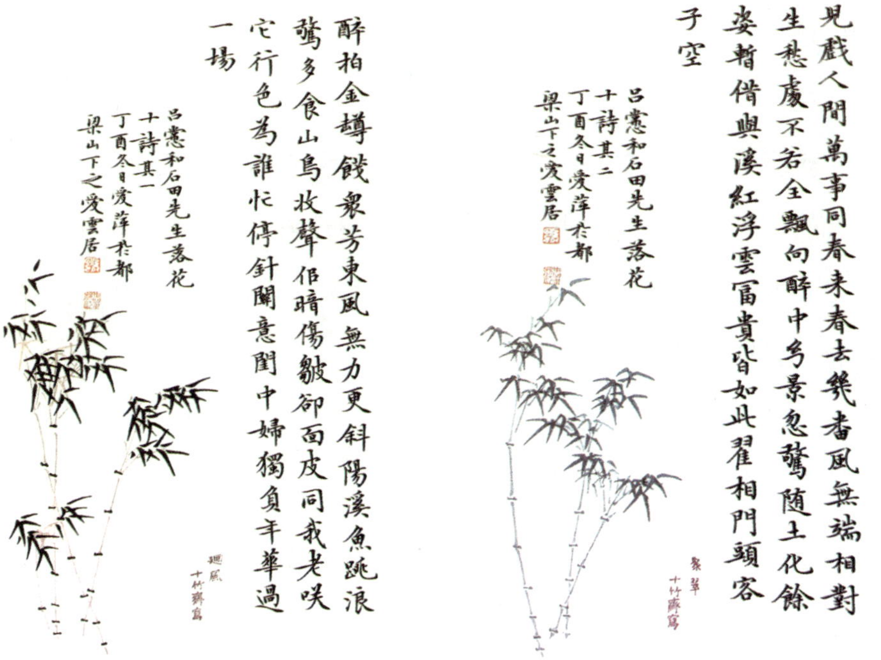

《落花诗》（小楷）
张爱萍｜江苏省盱眙县技师学院
二等奖

在老师的争取下，子涵意外地接到了文学院的入学通知书。报到那天，天空湛蓝如铅洗，飘着洁白的云朵，世界美丽得如同童话。子涵抬头看看天，刹那间懂得，天无绝人之路。路，不通时，选择绕行，另辟蹊径，也许会寻找到一条更美的路。

青春年少时，我莫名地喜欢上了一位帅哥。可是，再多的山盟海誓、甜言蜜语也经不起残酷的现实打击。当我们兴冲冲地牵着手到他家时，他母亲不屑地瞥了我一眼说：“我家儿子哪能配得上你这位貌美如花的大姑娘啊！”

话里话外全是冷漠和嘲讽。原来，她的母亲早已给帅哥在当地找好了女友，我只是不小心当了他的“备胎”。想起昔日里那个对我柔情似水的男孩，我心如刀绞。

曾经以为爱情总是那么美好，有快乐和幸福，还有淡淡的甜蜜，可面对失恋的打击，我痛不欲生，心底像被撕裂开来一样，感觉天要塌了似的。直至遇到另外一个男孩时，我才明白“天涯何处无芳草”。爱情，渐远时，选择随意，有些人，狠一狠心就忘记了。

远方的表妹，名校毕业后在一家不错的外企工作，工资、福利都不错，谁知企业重组失败，公司无奈宣布破产倒闭。那时，已是而立之年的表妹刚生下双胞胎女儿不久，加上老公一直在国外工作，上有老下有小，家庭的重担已经压得她气喘吁吁。屋漏偏逢连夜雨。失业的表妹一片茫然，真不知道明天该干什么？

就这样，没几天，表妹的头发白了很多，人更是憔悴不堪。当我见到她时，真不敢相信昔日那位娇小可爱的美女变得如此模样。听了表妹的倾诉后，我安慰她，不要伤心，总有一个适合你的职业呢！在我的开导下，表妹重拾多年的笔，写起了文章，想不到，这一提笔，竟然一发不可收。她的文章屡屡见诸各大报纸杂志，稿费单也像雪片一样朝她飞来。如今，她已经出版了好几部小说，成了当地的知名作家。

水到绝处是风景，人到绝处定重生。山不转，路转；路不转，人转。只要心念一转，逆境也能成机遇。学会转弯，才是人生的大智慧。

走到路的尽头，并不是无路可走，柳暗花明又一村，也许，你会发现另外一片灿烂天空。

上坡的石

推石上坡，也许会面对一千次失败。但第一千零一次呢？结果也许会不同。

《荷》(版画)
彭　慧
湖南省石门县罗坪乡中心学校
二等奖

心中那朵最美的花

■睢雪

在她的心中有一朵最美的花：豆花。在豆花开放的时候，是她心情最美、最高兴的时候，因为这是她梦想起航的时候。

吉林省农业科学院大豆研究所研究员、大豆杂种优势利用研究课题主持人赵丽梅根植于沃土，从事大豆杂种优势利用研究 30 年，课题组成功培育了世界上第一个大豆杂交种“杂交豆 1 号”，攻克了世界科技堡垒，填补了我国在该技术领域的空白，为大豆遗传改良开辟了新途径。

赵丽梅担当新使命，在挑战大豆杂种优势利用研究这一世界级难题中改写自己的人生轨迹。1988 年，24 岁的赵丽梅从吉林农业大学作物遗传育种专业毕业，获得了硕士学位。当时她选择去前景好、奖金多的省农业科学院玉米研究所工作，而且已经有了定位。然而就在毕业前夕，时任农科院副院长的孙寰研究员来吉林农大研究生处选择毕业生，他提出的第一个条件就是要一名男生，目的是与他一同攻克大豆研究领域难关。当时的研究生处处长反复思索后对他说：“我们有位名叫赵丽梅的女生，和男生一样精明强干，正好也去农科院，选择她会有成果。”就这样他们见了面，有了一次长谈。也就是这次长谈改变了赵丽梅的人生轨迹。孙寰老师和她畅谈了挑战大豆杂种优势利用研究这一世界级难题，说明该项目研究难度大、风险高，也许会以失败而告终，而且基础研究没有奖金，可能最终连论文都写不出来。孙寰老师告诉她，之前有过两名科技人员，都因困难重重先后离开了课题组。因为要寻找和创造一个世界上原本不存在的东西，简直就是天方夜谭。面对晋升职称的论文和成果压力，谁也不愿意拿自己前途冒险。这位研究员还告诉她，你要有心理准备，从事这一行，没有5年的时间可能什么成果都不会有。

赵丽梅听后，心里千波万浪，热血一汩汩地涌流，她仿佛在这一瞬间扭转了人生的方向盘。大豆有“植物蛋白之王”的美称，营养价值很高。中国是大豆的故乡，而大豆产量偏低，在人们生活中始终是供不应求。研究大豆育种是对国家、对人民的贡献。挑战人生，挑战艰难，挑战风险，也许一事无成，但要努力创造奇迹。让天方夜谭成为真实故事，年轻气盛的赵丽梅毅然接受这一挑战。那一年，她带着人生梦想来到位于公主岭市的吉林省农业科学院大豆研究所，从事大豆优势利用研究。

赵丽梅无怨无悔，在艰难中超越自我。也许因为项目主持人孙寰老师当时想要男生的想法，让她憋足了一股劲，心想一定要好好干，以顽强的意志力树立女人形象。也许孙寰老师鼓励她“要做好苦干5年的准备”，一句话使她骨子里不服输的倔强更为突显，刚刚结婚的她，推迟了要小孩的计划。当时水稻、玉米等杂交优势已在生产上得到应用。杂交水稻的利用解决了我国13亿人口吃饭问题，大豆是唯一一个没能大规模实现杂种优势利用的主要农作物，也是最难攻克的一个堡垒。要攻克它首先要获得细胞质雄性不育系，这是降低制种成本和提高纯度的有效途径。刚到课题组时，组里总共有3人，除主持人外，还有一名工人，也是女性，科研经费总计只有3000元。为了用有限的经费，做更多的事情，她们只能节约开支，工作中体力活都是亲自动手，包括播种、除草等田间管理工作。每年还要进行大量的盆栽试验，有

500 多个试验盆需要装土、倒土和浇水，时而来回地搬动，这些男同志干起来都吃力的重活，她来承担，每天循环往复。农科院试验点遍布公主岭、石家庄、郑州、徐州、长沙等地。几年中，她的足迹遍布了所有的试验基地，硬是用仅有的研究经费，完成了项目的前期调研工作，并为此项研究奠定了坚实的基础。

为了加快研究步伐，课题组一年要种三季大豆，分别是在公主岭田间、温室和河南郑州的农田。通常是 4 月末公主岭播种，6 月初郑州播种，6 月末公主岭开始杂交，一直持续到 8 月份又去郑州杂交，9 月中下旬回公主岭收获，之后马不停蹄地赶到郑州收获。收获的种子马上烘干，11 月在公主岭温室种植。实验的两年间，她去郑州种地、杂交、收获 20 多次，有时一次长达 40 多天。尤其是每年的杂交，在一年中最热的 8 月，郑州的气温常常在 40 摄氏度左右，酷暑难耐，在当地雇的帮手都吃不了这份苦，大都中途累跑了，她只好一个人在阳光下忙碌着。实验在酷热高温下进行，太阳把脚下的土地晒得滚烫，只有她和大地上的豆苗在炙烤中忙碌着、挺立着。由于气温高，大豆的花期特别短，她每天都要早晨 6 点钟下田，

《国色天香》（国画）
王　鸿
河南大学国际教育学院
优秀奖

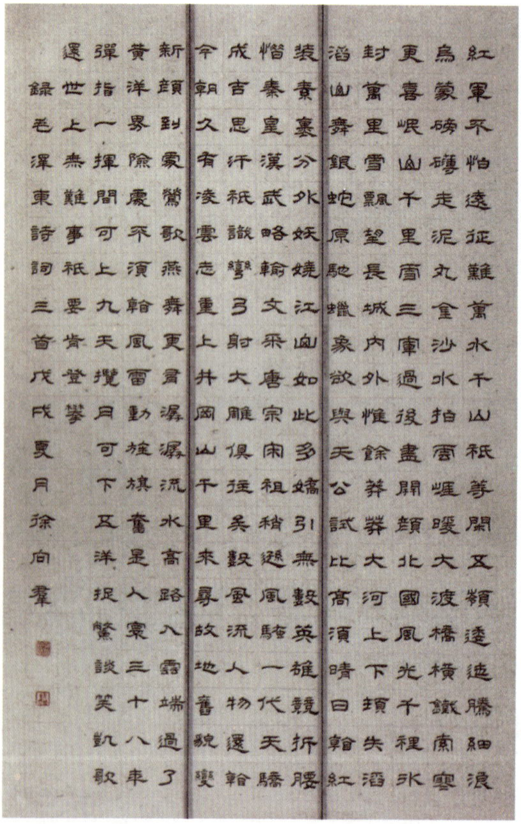

《毛泽东诗词（三首）》(隶书)
徐向群
江苏宿淮盐高速公路洋河服务区
三等奖

一直干到下午 3 点钟才能回到招待所。汗水湿透了衣衫，整个人像被大雨淋过一样。这期间，她期待的是豆花的开放。她在日月起落、寒暑往来中坚持着，一年四季都在奔波劳碌着。

为解决大豆授粉难题，赵丽梅进行了昆虫传粉研究，选择蜜蜂为大豆传粉。于是她开始学习养殖蜜蜂知识。在养蜂过程中，她挨蜜蜂蜇是常事，往往是一次肿胀没有康复，又一次被蜇得嘴歪眼斜。有人说，赵丽梅过的是农民一样的生活。其实她比农民付出的还多，农民中耕除草之后可以挂锄休息，而她每一个酷暑都是在烈日炎炎的太阳底下度过，而且要追着酷暑从东北到华北，最远到海南。

研究杂交大豆，赵丽梅历尽艰辛，她没有因为自己是个女人而耽误过任何工作。女人总是要结婚，要生儿育女。而她怀孕期间仍坚持去田间工作，艰苦的劳动还使她晕倒过；产假没休完就给孩子断奶出差奔波，对孩子牵肠挂肚曾让她彻夜难眠。孩子 2 岁以后，每次出差都是偷着走，以致一个月后回来孩子不再让她靠近……作为一个女人，作为一个母亲，每次出走都是难舍难分，但还是要坚持远行。有一次，她回来一天又要走，被孩子发现了，孩子不停地哭闹。她的心翻滚着，天下的母亲哪有不爱孩子的，可她的爱灌注给了小小的豆花。她对丈夫说:“没办法，我只能……”丈夫安慰她:“为实现大豆高产，你走遍千山万水，我们一家无怨无悔。”

付出总会有收获。赵丽梅几年来的辛勤汗水没有白流，她的“大豆昆虫传粉技术研究”，获得农业部重点项目。

终于在她精心探索的第五年，研究工作获得突破性进展，通过栽培大豆与野生大豆杂交育成世界上第一个大豆细胞质雄性不育系。这一成果的获得，标志着我国在这一领域的研究已经走在了世界前沿。在他们的科研项目获得成功的那一天，当主持人说“这么多年我们把小赵当男人用了”时，赵丽梅热泪盈眶，内心激动不已。她想起人们说她的一句笑谈:“远看像要饭的，近看像烧炭的，原来是农科院的。”5 年来，她就是这样做着比农民还苦的工作，苦是苦，但收获成功的味道是甜的。

赵丽梅没有停下脚步，继续行走在有苦也有甜的研究探索的路上。大豆杂交育种，是一项充满挑战的农业科研课题。大豆是世界上唯一没能利用杂种优势的主要作物，赵丽梅的研究使大豆利用杂种优势成为可能，这让她充满了无穷力量。“杂种优势”可以大幅度提高粮食产量，研究难度大，具有重要的理论意义和潜在的经济价值。赵丽梅要实现栽培大豆“三系”配套，即“雄性不育系、雄性不育保持系、雄性不育恢复系”，使大豆细胞质雄性不育系达到应用化阶段。她利用“三系”组配的杂交组合，被命名为“杂交豆 1 号”。这是世界上第一个通过正式审定的大豆杂交种，终于攻克了世界难题。后来，赵丽梅担当起课题组主持人的重任。经过不断探索，她又成功培育了“杂交 2 号”“杂交 3 号”，在种植上得到推广，而且创下高产纪录。杂交大豆的研究成功，不仅使大豆单产得到大幅度提高，同时也促进了大豆遗传改良学科的发展和行业的科技进步。

30 个岁月，赵丽梅拼的是勇气，追的是梦想。她先后承担国家、省部级科研课题 40 多项，取得成果 21 项，发表论文 60 多篇。她在大豆杂种优势利用技术领域中不断创新突破，从“十五”到“十二五”规划攻坚，如今她已组建了“十三五”我国杂交大豆研究团队，向着更高的目标进发。

胸怀豆花走天涯，无论路途多么遥远、多么辛苦，赵丽梅都要坚持走下去，只为心中那朵最美的花绽放。

走着走着花就开了

■季纯

当春风从山野上拂过，柳树开始吐露柔嫩的新芽。河两岸的山桃花开了，密密匝匝的花朵缀满枝头。结伴而行的 3 个高中女生，顾不上欣赏这美丽的田园风光，她们急匆匆地穿过返青的麦田，趟过铺着石头的小河，一路小跑赶往镇上的学校。等她们赶到学校，住在镇上的同学才慢悠悠地走入校园。这一度让她们羡慕不已，心想，如果自己的家也住在镇上那该多好啊！

她们村离镇上有 10 里路，是清一色的乡村土路。学校没有住宿条件，家里也没有自行车，每天来回要用双脚一步步丈量。她们每天早上 5 点多起来，草草洗把脸，手里拿一个馍夹咸菜，边走边吃。步行约一个多小时赶到学校，中午在学校吃一顿饭，下午放学再走回家。每天上学来回步行 20 里路，十分辛苦。

其中有一个女孩走路的姿势很特别，她的右臂袖管空空的，一只脚还有一点点跛。她叫小艾，一出生就缺一条胳膊。家里有三个姐姐一个弟弟。大字不识一个的父母本不愿意供她读书，按照她父母的逻辑，女孩子读书，认得几个字，不至于做个“睁眼瞎”也就行了。肢体健全的人读书都没有什么用处，何况这样一个身体有缺陷的女孩。世上的事情，往往很奇特，小艾的三个姐姐只读到小学五年级。弟弟是父母的心肝宝贝，父母寄予他很高的希望，可是他上到初一，在上学的路上走了几周之后，说什么也不愿意继续走了。

上帝拿走了小艾一只胳膊，却给了她善于思考的头脑和一股不服输的劲。她从小锻炼用左手吃饭穿衣写字，一点也不比其他人差。父母看她那么喜欢读书，学习成绩又好，对她的态度从一开始的不情愿转变为不反对也不支持。他们想，说不定有一天她自己也不想上学了。

不要小看这每天的 20 里路。一到冬天，昼短夜长，早晚两头黑。感觉早上还没有睡醒就得起来，干硬的冷风嗖嗖地迎面吹来，要多冷有多冷。一路上黑咕隆咚的，高一脚低一脚，等走到学校天才蒙蒙亮。若遇上下雨下雪，刮风打雷，走得费时费力不说，有时候一不小心就会踩进冰冷的河水里。好多孩子走着走着，心里便打了退堂鼓，每一声鼓点仿佛都在说：别走了！别走了！到最后，全村只剩下小艾和其他两个同学还在坚持。

小艾上到初三，学校加了晚自习。等到披星戴月回到家，劳作了一天的父母已进入了梦乡。

穷人家的农村孩子，没人惯着宠着，他们也没有那么娇贵，跌倒了自己爬起来。个个像一棵棵站在田野里的小树，日晒雨淋，见风就长。

凭着坚强的毅力和刻苦勤奋，小艾终于考上了大学。她感谢每天走的那条混着汗水的乡村小路。现在上大学再平常不过，而在万人争过独木桥的 20 世纪 90 年代，小艾却是全镇的第一个大学生。小艾考上大学在当时是一条爆炸性的新闻，很快传遍了全镇。她那面朝黄土背朝天的父母脸上也添了光彩。当时不知有多少家庭以小艾为榜样，教育自己的孩子。

小艾入学的时候，大学不交学费，每个月还有少许补贴。等到小艾

《心远地自偏》（山水画）
夏爱玲｜山东济宁邹城市兖州煤业股份公司东滩煤矿
优秀奖

毕业，本该是拨云见日柳暗花明，可偏偏从那一年开始，大学生毕业不再包分配，实行自主择业。小艾学的是财会专业，她到外资企业去应聘，她的笔试成绩很突出，一面试，用人单位看到她的身体条件，拒绝了她。之后，她多次应聘，多次遭拒。

她的内心有些迷茫，不知何时能走出这人生的低谷。有一天，她没有再去找工作，而是看了一场残疾人的演出。舞台上，几个聋哑女孩翩翩起舞，露出自信而迷人的微笑。最打动她的一个节目是盲人的集体朗诵。在上台的时候，他们不需要人搀扶，而是自觉排成纵队，后面的人搭着前面人的肩膀，依次从台阶上走到台中央，表演完了，他们深深地鞠躬谢幕，用同样的方式下台。她细看他们的表情，每个人安静平和地微笑着。那一刻，她的泪水润湿了双眼。

当苦难来袭，谁又有还手之力？尼采说："受苦的人没有悲观的权利。"她听说人的身体无法分辨"笑"的真假。她想，哭也是一天，笑也是一天，何不一扫应聘中屡战屡败的阴霾，露出一抹微笑呢？她在心里默默为自己加油打气：纵然生命的途中布满荆棘，也要一步一个脚印，微笑着走过，一直走到鲜花盛开。

后来她终于找到一份会计的工作，但薪资很低。她干了一年多之后，有了一点点积蓄，拿着这点儿资金，又贷了少许款，她开了一家化妆品店。随着互联网的兴起，头脑灵活的她又在阿里巴巴开了一家网店。无论线上线下，她的生意都做得风生水起。她热情周到，经营有方，生意越做越大。她用赚到的钱，不仅给自己年迈的父母在城里买了房子，还持续做着公益事业。后来，她收获了自己的爱情，找到了爱她懂她的那个人。

她被评为省"三八红旗手"。当她站在台上发言时，说出了这样一段话："命运，不一定会青睐每个人。有人一帆风顺，有人坎坎坷坷。有人一出生身体注定与众不同，就像我这样。命运从来不同情弱者，它不会因为你的怯懦或仇恨而改变对你的态度。虽然我无权决定自己的身体，却有权利决定以何种方式对待生活，能击败命运的，是你对梦想的坚持，是你试图改变它的决心。"

二十六岁那年夏天

■孙昱莹

最初的最初，你并不知道，会陷入一泓深水里，深不见底。身体不断下沉，下沉，直到四周漆黑，万籁俱寂。

我们都曾体验过沉入水底的滋味，在人生艰难的时刻。

二十六岁那年夏天，雨水很多，燕丹依然很瘦，像一只随时会飞走的小鸟。她刚做了近视眼手术，摘下戴了十几年的眼镜。我笑她太认真了，不过是一天面试，戴一会儿隐形眼镜不就好了。我们是中学同学，她家就住在学校旁边那座二层的老房子里，中学那会儿每到放学，我们一群人从她家门前经过，燕丹的奶奶有时候站在门口锻炼，会热情地和我们打招呼。

燕丹二十六岁这一年，是第三次备战公务员考试了。说“次”其实不准确，应该说，这是第三年。三年间，她已经经历过大大小小数不清的考试。国考、省考，一次次失败，像西西弗斯那般不停向山上推石。这一年，对于她来说是个转折点。曾经一起考试的小伙伴们，有的已经“上岸”，有的早早放弃。就在不久前，我们另一位同学里里要结婚了，没有参加报考。这条路上，只剩下燕丹一个人。

她从税务学院毕业后，在银行做柜员，是份临时工作。她想考到税务单位去，和自己的专业对口。辞职裸考是不敢的，万一又没中，连经济来源都失去了，她只能在职准备考试。和学校里的那些考试不同，她没有大段时间

《避风港》(水彩画)
胡立芸 | 广州供电局有限公司
优秀奖

去复习，在单位疲惫了一天之后，回到家里不能像别人那样躺进沙发舒舒服服追剧，而是要拿出学生时代的拼劲挑灯夜读。体力在白天已然被耗得差不多了，况且岁月不饶人，再没有少年时的丰沛精力，燕丹靠着红牛和雀巢咖啡支撑着身体。为了节省时间，她甚至用半个月的工资在单位附近租了一间房。好在功夫不负有心人，这一次她笔试通过了。

她还从来没有进过面试环节，买了一本教材却完全不知道要怎么做。书本里的题是平面的，考场上的人却是活的，瞬息万变。面试考核方式是群组讨论式，竞争相同岗位的三个人会同时面试，考官在他们讨论问题的过程中打分。燕丹是笔试第三名，要翻盘需要表现得特别优秀。燕丹报了一个辅导班，又在网上找到几个同城的考友一起练习。这些人里，有刚刚毕业的大学生，充满热忱希望找一份喜欢的工作；有“二战”“三战”的考生，对前途焦灼不安。还有一个月就过报考年龄线的姐姐，今年是她最后的机会，她的丈夫和孩子都在省会，她自己在外市的事业单位，一家人等团聚已经好几年了。燕丹觉得这个姐姐很可怜，和别人比了一圈，发现自己原来还不算惨。我开玩笑地问她如果这位姐姐是她的对手，她让不让？燕丹着实犹豫了一会儿，才摇摇头说：“我倒想高风亮节一把，可是我也付出了太多，放不下了。”

练习了数周，买了套新西服，做了近视眼手术，燕丹算是准备十足，只待临场一搏。面试的前一天，她突然紧张起来，一会儿担心前两名很优秀，追不回分数；一会儿担心对手是男生，男生在面试时或多或少占优势。我笑她太不自信，平日练习表现得也不错，怎么临阵还退缩了呢。她说她 26 岁了，输不起，也输怕了。我能理解她的心情，我也曾经失败过。那是一场对我很重要的面试，早晨，母亲送我到考场，我拿着透明公文袋卷进人流里。母亲守在考场外，等待时间一点一滴爬过焦灼的内心。结果，现场宣布成绩，我和第一名只差了零点几分。那一刻，我的身体好像是空旷的，不只皮肤下面没有肌肉支撑，连血管里都仿佛没有了液体。我夹着虚空的这副皮囊，一步一步走向不知道在哪里的门。空间在眼前出现扭曲的面孔，路是那样艰难，但是我顾不得去看。因为我不知如何面对大门外等候的母亲，而家里，父亲正在做着丰盛可口的佳肴等待我回去。

燕丹也承受着来自家庭的压力，她的奶奶，那个笑着和我们打招呼的奶奶，一直盼望着孙女有一份好工作。每一次燕丹失败，奶奶也跟着难过。

二十六岁，像是她的一道坎，硬生生横在前行的路上。在我看来，她不是怕考不上，而是怕二十六岁的自己还没有看到未来的方向，因此内心才会在深水中纠结。

现实总是那么残酷，燕丹最终还是落选了。有时候，并不是拼命努力就一定会成功。在攀向高峰的路程里，你无法避免会遭遇滑落的石，刺人的枝，忽来的雨，又或者断掉的桥。失败从来不是命运给我们的羞辱，它和生活带来的希望就像电池的两极，彼此相反却不能分开。燕丹虽然在二十六岁那年夏天再次和想要的工作失之交臂，但她也看透了一些事，比如，在公考这条路上，比她蹉跎的人还有很多，比如，此路若是不通，换一条路也未必不可。现在燕丹已经是一家公司的白领了，把当初奋力一搏的斗志又带到了新的环境中去。

飞鸟的轨迹，是直线，抑或是曲线，她会飞得多高、多远，只有在它落地那一刻，我们才会知道。

画中天

■姜皓雪

见过顾恺之的《洛神赋图》便会忘情于洛水的縠皱，伴着女娲的清歌徘徊在暮色烟波；见过张择端的《清明上河图》便会流连于宋时的闹市，跟着货郎的吆喝闲逛在大街小巷；见过王希孟的《千里江山图》便会游历于仙境的群峰，随着渔船的桨声飘曳在江湾碧湖。只要你愿意推开画卷，那浅红青碧色便会引你进入另一个世界，一个尘埃不染的世外桃源，一个与梦相连接的秘境。

8岁那年，我就爱上了这片天地。为了走进纸上的秘密花园，学画是我开启花园大门的钥匙。我欣喜地摆弄着五彩的画笔，勾勒着理想的天空，以为在不久的将来我便能随心所欲地描绘出天外之天。然而，事实上我并不是一个有绘画天赋的人。教画画的老师虽没有明说，但每次我满心欢喜地将习作交给老师时，他都只是冷漠地匆匆一瞥。我怯生生地将画稿藏在军绿色的画板里，默不作声地提着满是墨汁的小桶回了家。

秋天的街道似乎总是湿漉漉的。绵细的小雨染黄了路边的银杏，也淋湿了我的鬓发。我情绪低落地行走在那条熟悉却漫长的小道上，任秋风寒彻我的心扉。我的画又落选了。看着绘画班的同学雀跃地整理着自己的画稿，热闹地讨论着艺术节的筹备时，尴尬与失落让我无地自容。人家灵巧的手指可以绘出现世的欢愉，而我却笨拙地糟蹋了雪白的画纸。仰起头，冰冷的小雨落在我的睫毛上，模糊了我的视线。滚烫的泪水泛在眼角，真的是我技不如人吗？雨水与泪水混杂在一起，使我看不清前面的路，低下头发现脚上的白球鞋溅满了泥星。我弯下腰想要抹净鞋面的污垢，却又将袖口沾上了泥水。一团污泥，全是一团污泥。我的画，我的思维，从老师将我的画稿搁置的那一刻，就已经混乱透了。

我拖着脏兮兮的球鞋，不知何时抵达了家。一个人躲在屋子里，偷偷地将画稿铺在写字台上，眼泪滴在画纸上将颜色晕染得一塌糊涂。或许我根本就不适合绘画，艺术都偏爱天赋，而我不过是芸芸众生里并不起眼的尘埃。我望着书架上父亲仔细从书店里为我挑选的画册，有达·芬奇、米勒、安格尔等璨如星光的大师作品集。他们正襟危坐地在星空里俯视着我，窃窃私语地议论着平凡人的无奈。

或许我应该放弃学画。我双手紧握着拳头，指甲深深扣着掌心。舞蹈、音乐、雕塑……换个艺术门类，也许我能成为其中的佼佼者。我站起来正要将手上的画稿撕碎丢弃，却发现父亲默然地站在我身后，他面色如秋夜一般沉静。父亲接过我手中的图画，将它贴在书架的玻璃窗上。

“你还喜欢画画吗？”父亲突如其来的质问，让我有些手足无措。我望着书架上那不堪入目的画，脑子里像是起了一片白茫茫的大雾。我木愣愣地站着，半天没有吭声。“既然犹豫，那就不学了。”父亲的语调低沉得如同擂鼓声，那一字一句锤痛了我的心。不学了？我紧攥的拳头微微地发抖，眼前浮现出的无数张图画相互交织了起来。有金色的向日葵灿烂地开着，有蓝色的鸢尾花摇曳在夜空下，有睡莲在夕阳下泛着柔光，有戴珍珠耳环的少女温柔回眸，还有维纳斯从贝壳里缓缓走出……优美的线条与绚烂的色彩使我如临蓬莱之境。看来我还是喜欢画画的，其实我就不应该去质疑自己。不过，我拙劣的画技说明，喜欢与擅长并没有关系。

我低着头，没有勇气回答父亲的问话，只是轻轻地点了点头，默许自己还是喜欢画画的。

“既然喜欢，为什么如此消极呢？”父亲看着我的画，用纸巾轻轻地将画面上的泪水拭干。

“我没有画画的天赋，老师也不看好我。喜欢也没用，努力也白费。”我强忍的眼泪夺眶而出，所有的委屈、自卑、狼狈都通通顺着泪水落在那双不争气的手上。

父亲没有安慰我，连纸巾也没有递给我，任我的情绪肆意地宣泄着。“哭，代表着你心有不甘。”他再次拿起我的画稿，嚓的一声将它撕成了两半。

“干吗？”我惊诧得止住了哭泣，慌乱地想要阻止父亲。

“你不是早就想撕了它吗？”父亲

《石鼓文》（篆书）
战文秀　航天科工四院湖北三江航天红林探控有限公司
三等奖

轻描淡写地说着，又将残破的画纸撕开了。接着，父亲转过身点亮了房间的壁灯，瞬间橘红色的灯光洒满了房间所有角落，包括照亮了灰暗的我。“撕掉它，不是放弃它，而是重新面对它。”父亲将碎烂的画稿捧在手上，在他深邃的眼神里我看到了期望。“因为别人的否定，你就要放弃所爱了吗？没有天赋是最没有关系的，因为茫茫人海里有天赋的人屈指可数，大多数人都是平凡无奇的小人物。”父亲的情绪有些激动，他不得不顿了顿言语以调整情绪。他右手指着书架上的画集说：“你画得不好，并不是天分不够，而是你没有别人努力。你想想达·芬奇的草稿有多少，再看看自己才画了几张纸？”父亲深深地叹了口气，弯下腰从柜子里取出了厚厚一摞画纸。“你先用这沓画纸练习画基本的几何体，画不完就先不画其他的了。”

1张、2张、3张……从那天起，我再也没有停止过画笔。我手绘我心，不被认可又何妨？我努力过，尝试过，便没有什么可后悔的了。我倔强地在绘画的世界里摸索，哪怕撞得头破血流我也不曾放弃。我爱看中指与小指生出的老茧，也爱看那堆满纸箱的画稿。或许我会被人嘲笑成孤芳自赏的倔驴，但我依然会固执地画下去。这一画就是几十年。在画里，我勾勒出了我的世界。月亮的阴晴圆缺，山谷草木的夏盛冬衰，人物的喜怒哀乐……画中我释放了自己的所有情绪。

这些年，我参加了很多场画展，也有了自己的画廊，甚至画价也不断地攀升。朋友说，大概成功也就是这个样子了。可他语音刚落，我突然间发现自己已不看重这些所谓的肯定。因为画画让我感受美、接触美、生成美，也让我发现了更美的自己。画中有天，画里不仅仅只有流畅的线条与斑斓的色彩，每一幅画中都藏着玄机，唯有坚持不懈才能发觉其中的奥秘。

越过一步之遥的万水千山

■赵钰

人生路上，我们都向往岁月静好，却难免狂风暴雨，如何面对和越过，是我们一直追寻的答案。

在我的心底，作家三毛在她的人生和作品中，给了很多的心灵牵引，也给了很多灵魂解答……

三毛问，每个人心里有一亩田，用它来种什么？

诚然，我们都曾种下了梦想、希望，在岁月的流转中，当我们经历过伤痕，经历过悲愁，经历过撕扯，经历过割裂，有时甚至会走到异常难行的路口，这难以一步跨越的界石，让人感觉似乎走到了尽头——那一刻，后面火焰，前面海水。

退缩一步或是裹足不前，便会跌落万丈深渊；咬着牙越过去一步，前方便是海阔天空。越过这一步之遥，便是越过艰难险阻、千沟万壑，便会遇到万水千山、山明水秀。这一步，是多么举步维艰、弥足珍贵！

这个世界上有多少春暖花开，我们都愿花开成景、一切永久，却注定花落有时，是花落成诗还是花落护泥，在于我们怀着怎样的心情，走过怎样的一步。有多少人，把一步之遥，走成了万水千山，这沉重的一步，终究成了爱的负荷。三毛在荷西离去之后，回了台湾，又去“流浪”，一点一滴的泪、一字一句的情，写成了《万水千山走遍》，书中有一段话也便成了她心灵的独白：

《海浪》(水彩画)
邓　双 | 中铁二院测绘工程设计研究院
优秀奖

"世上的欢乐幸福，总结起来只有几种，而千行的眼泪，却有几种不同的疼痛，那打不开的泪结，只有交给时间去解。"

乍一看，似乎三毛已经从《撒哈拉的故事》中走出来了，然而，于这位奇女子而言，她的前世乡愁、此生挚爱、若有来生，一切都在撒哈拉了："每想你一次，天上飘落一粒沙，从此形成了撒哈拉。"

三毛曾经是自由洒脱的，而她经历的创伤，带来的灵魂深处的悲伤哀愁，我们终究无法深切体会。曾经沧海，除却巫山，荷西的离去，使三毛在滚滚红尘中，守护着一场生死之恋。她在《不死鸟》文中有一段话："我的爱有多深，我的牵挂和不舍便有多长……虽然我的翅膀断了，我的羽毛脱了，我已没有另一半可以比翼，可是那颗碎成片片的心，仍是父母的珍宝，再痛，再伤，只要他们不肯我死去，我便也不再有放弃他们的念头。”

那么，后来的后来，不要问她为何离去，因为一切无言都化为永恒——她永远是我们心底最纯、最真的白玫瑰。她的样子、她的姿态，便是她的人生——“不要问我从哪里来，我的故乡在远方。”

当我终于看懂这段话的时候，我同样正经历着生离死别的阵痛。今年，于我而言，痛到呼吸、痛到骨髓——那些无法言说的创伤，那些无法倾诉的委屈，都化在文学情缘里！

这一份文学情缘，是坚守，是拯救，亦是寄托。中国少数民族作家学会会员、中国散文学会会员、云南省作家协会会员、云南省报告文学学会会员，这些不是为了说起来动听，更是为了写起来安心。在心田耕耘一片山水田园，滋养着、安放着，从到北京参加第三届“书香三八”读书活动颁奖典礼，只为作为鲁迅文学院学员再看一眼梦中的鲁院，到第四届获征文比赛三等奖、第五届获一封家书入围奖……

直到今年，在我经历挣扎和苦楚的时候，仰望着文学的光，得到了一份照耀，我才知道，文学的意义在于告诉我们心怀希望的价值——“真正的光明绝不是永远没有黑暗的时间，只是永不被黑暗的时间所湮没罢了。”阅读和写作只是生活中的一星花火，而正是在这冷暖的人生、百味的生活中始终保存着这星点不灭的火花，无论面对怎样的困苦处境，都不会丢失内心的善良坚定，不会放弃心中的梦想之光。

于是，文学的力量，带着我越过这一步之遥，在光阴流逝和百味人生中不忘初心，心存对未来的希望，保持对理想的憧憬，看见知识的辽阔和灯塔的指引，化做滋养灵魂的清泉。年年岁岁，在自己的心田，开启心智，拓宽视野，守护一片精神芳草自留地。

当我们历经匆匆聚散、品读种种冷暖的时候，终于平静、终于释然，用一生的力气去行走，任凭世事万象丛生。最终，走过最深的绝望，我们在心底种下宽忍、坚韧，学会释然、舍得，把自己融化到这段创伤中共生共存，终将看见最美的风景。即便无法避开尘世间的车马喧嚣，也能在内心修篱种菊，心灵始终山明水秀。

那么，愿生而平凡的每一个你，每一个我，能在艰难险阻前，轻盈地跨出一步，越过这一步之遥，遇见生命的万水千山。

因为有梦，所以拼搏

■魏世英

这是一段心中藏之、无一日忘记的珍贵记忆。在逆境中，在大山深处的一年“初四”生活，我一遍一遍地告诉自己，前途虽远，扶摇可接，心底深处的梦想，从未破灭。

初三之前的青春年少、意气风发，却因中秋节前一场液化气意外泄漏燃烧事件，瞬间化为巨大的悲痛和绝望。燃烧的火焰灼伤了我的脸部，我和母亲、哥嫂一家七口，分别被呼啸而来的120救护车送进了医院的烧伤科。同学们来探视，游走了一圈病房，竟无法辨认出旧日同学的模样。这场火灾除了给予我焦黑的外表、脸盆大的脑袋之外，医生给出的接近半年的治疗期限，更让我与转眼到来的中考失之交臂。

被噩耗击中，几近崩溃的父亲，竟然做出决定：“既然错过了中考，伤养好了，就在家照顾妈妈吧。”记得班主任老师不止一次在课后交流鼓励我：“你这丫头，是考大学的料，继续努力。”当父亲的决定飘来时，我有一种梦碎的痛楚。我知道，雪白的病床不会体谅你的绝望，也不会理解宣判时的悲凉，它依旧白得晃眼。迈进高中的路，似乎已经被封死，闯进理想大学、像邻家姐姐一样有个好工作的梦想，也眼瞅着要被连根拔起。

半年之后的毕业季，我缺席了。意外来得太快，没人会想到我会缺考，面对老师和同学们的错愕与惋惜，我能做的是拒绝所有人的安慰和关心，把自己关起来，舔舐伤口，怨愤不公。我求学的路，难道就这样止步了吗？我不甘心。

母亲带来舅舅的建议：“去乡下复读，来年再考！”此时的我，像只身涉险的溺水者，哪怕是一根稻草，也只能抓住，因此我毅然决定去农村复读。父母都不赞成我去农村复读，学校在荒芜的秦王川，条件很差。母亲怕我很难适应农村的艰苦环境，父亲甚至认为我从小挑食、娇气、任性，受不了寄人篱下的生活。两个月来，我的同学们正在享受中考假期的快乐，准备迎接向往的高中生活，而我却和父母在争论，去还是不去，复读还是不复读。

最终还是我赢了。就这样，我被在农村当小学校长的舅舅安排到了大山深处的一所初中，和初三应届生一起迎接中考。

父母之前的担忧此刻得到了验证。大山深处的舅舅家生活条件一般，村子里没有小卖部，也没有小吃摊，哪怕是一口开水，都要自力更生。抱柴、点火、拉动风箱，袅袅炊烟升起，才会有热水喝。每天，放学后的第一件事，不是拉开架势写作业，而是冲进厨房，帮着在家务农的舅母和表姐，赶在舅舅跨进门槛的那一刻，端饭上桌。从地窖打水，从地里挖野菜，眼看着麦苗变成麦穗，我也从娇嫩白皙的城里人变成了肤色黝黑的乡下娃。

上下学，全靠步行，有胆大的学生，骑着二八横梁自行车在崎岖的山路上左拐右拐。可舅舅坚决不让我骑车，为了安全，要避免一切可能造成危险的隐患，哪怕是晚自习拖堂，他都会到拐弯处等我。一天 6 趟，每次 4 千米，一天 24 千米，一个学期，我穿破两双旅游鞋，脚底起了一层硌人的老茧。我告诉自己，为了继续上学，再苦也要坚持。冬天的清晨，寒风袭过贫瘠的秦王川，隔着衣服钻进我的脖领，外皮里绒的棉皮鞋，抵不住零下十几度的寒风刺骨，拖着被冻得红肿的双脚，匆匆行走在那条熟悉的山路。我会任凭眼泪尽情流一会儿，眺望着远处教室里星星点点的灯光，心里默念，为了远方，还有比我更努力、起更早的人。为了春天，我必须耐受冬的考验。

农村孩子的刻苦程度，超出我的想象。每次当我想象着自己应该是最早到的小蜜蜂时，才发现无论我多早到校，都能看到教室的灯已经亮起，走进教室，三分之二的学生已经开始默默自习。在他们看来，只有考学，才可以结束自己世世代代面朝黄土背朝天的命运，一纸中专或中师的录取通知单，可以让他们瞬间改变命运。这里的学生有走读的，也有住宿的。住宿的学生，每周回一次家，从家背回馒头当一周的早餐，午餐和晚餐都在学校大灶吃。这里的老师，多半是通过这条路走出来的农村娃，他们理解苦读对这里孩子的意义。老师不厌其烦地讲解着课程重点，掰嘴喂食地将各类学科梳理成表格或顺口溜，便于记忆。这种氛围，与我曾经的懒惰和放纵格格不入。我努力让自己忘记曾是家中的娇娇女，给自己制订学习计划，每天

《扬帆起航》（线描）
王　喆｜华能大连电厂
优秀奖

学习的时间不少于 12 小时，除了吃饭、睡觉、做家务，我几乎每天都沉浸于书山题海中。

舅舅一家会在周末的晚饭后，打牌、聊天、看电视，家长里短，海阔天空。隔着小院，我能听到阵阵笑声。而此时，热闹是他们的，和我无关。我把自己埋进模拟试卷作答中，那种苦读的滋味是可想而知的。我不断鼓励自己，要坚持下去，为了心中的梦想，再苦再累都不怕。

学习生活重复而单调，我混在上下学的人群中，虽是熙熙攘攘我却依然感觉孤独。有时心里压抑很久却不知找谁倾诉，想跟同学诉诉苦却又怕自己的情绪影响到别人，想对父母说却害怕他们为身处大山的我担心。在途经学校的山路上，有一块种满向日葵的耕地，冬季时空旷而寂寥，几乎每次考完试需要缓解压力时，我都会在这里来来回回走啊跳啊，眺望远方的学校，仰望头顶灿烂的星空，把那些压抑心底的不快吐出来。就这样，那个半亩大的向日葵地，藏着我的许多秘密。

寒假过后一开学，测验、模拟考试一如既往很多，像冰糖葫芦似的一个接着一个，我的成绩也仿佛像过山车一样，有起有伏。不过与去年焦虑不安的我相比，显得平静了许多，无论成绩是好是坏心里总是波澜不惊。因为，实现梦想的日子，正一天天向我走来。

终于迎来了中考，父亲骑车送我到考场，我从容地走进考场，父亲承诺般地对我说："孩子，考上了，你就去上学。"我点点头，立军令状般地对父亲说："等我。"此刻，幸福像杯子里的水溢了出来。

一晃儿，十几年过去了。听母亲讲过，小时候，家人时常在饭桌上提起我的桥段。我小时候，奶奶问我，长大了要干什么，我脱口回答："当写字先生。"

想不明白一个黄口小儿哪里来的“当写字先生”的梦想。

如今，我已经实现了年少时的梦想，像邻家姐姐一样求学、入职。这段经历给予我的养分是：刻在骨子里的执着和流在血液里的激情。工作和生活中，我秉承的人生信条是：没有过不去的坎，没有趟不过去的河。不畏艰难，一路奔跑的我，不为别的，只想为儿时那个关于我的桥段，续写一个美丽篇章！

云端上的美人

■文雪梅

“美人如花隔云端。”想想，这古人眼中的美人该有多美，她仿佛隔着千万年的烟雨缥缈而来，似月中的嫦娥仙子，国色天香，倾国倾城，是那样绝艳无比，美到极致。而很多人只欣赏到云端上美人光彩照人的一面，殊不知，梅花香自苦寒来，每一位美人的背后，却付出了常人难以想象的汗水。

那天我读报时，忽然看到一位朋友写的一首诗歌，非常惊喜。要知道，她擅长写小说，在我的印象中，朋友从不写诗歌。我字斟句酌地拜读了她的作品后，佩服得五体投地，心中不由地赞叹：“不愧为大作家呀，什么题材的作品写得都那么好！”

兴奋之余，我拨通了朋友的电话，大赞她的文采。她笑着告诉我：“最近心情不好，忽然有了想写诗的念头，于是，抱着试试看的态度写了很多，也陆续给几家报社、杂志社投了稿，想不到这首竟意外采用了！”我知道，这位朋友的文学创作水平是一流的。曾经以为，像她这样的大作家是不需要投稿的，就凭她的大名，那些报刊编辑都会争着抢着找她约稿的。然而，事实并非如此。想不到，朋友也和我们这些文学爱好者一样，每天废寝忘食地写作，写完后像撒传单一样，向多家报社、杂志社投稿，然后焦急地期待自己的文章能被采用发表。

朋友说，作家是“苦行僧”，从来都是靠作品说话。她起初投的诗稿都石沉大海了，一度非常苦恼。我能想到，朋友每天要在小说的写作计划外，趴在灯下绞尽脑汁、挖空心思地写诗。殊不知，人们只知道她飞得有多高，没有问她飞得有多累。

加拿大女作家艾丽斯·芒罗，2013年诺贝尔文学奖获得者。她的作品以情节细腻见长，文风透彻，带有心理现实主义特色，被誉为“加拿大的契诃夫”。现已80多岁的她一生共创作了14部作品并多次获奖，同时作品被翻译成13种文字传遍全球，受到读者与媒体的高度评价。其实，这位著名女作家的获奖不是偶然的，她每天都在坚持写作，就像吃饭睡觉一样，已经成为习惯，从未间断过。有谁会想到，她的创作生涯中，和其他普通作家一样，同样“牺牲”了很多的稿子。看来，任何人耀眼的光环都是辛勤汗水的结晶。

我想起一位企业家朋友郝荣，初次见面，是在一次会议上。“我们公司注册资金8000多万元，占地100多亩，拥有员工上千人，年纳税500万元……”当听到坐在我对面的美女侃侃而谈时，我很快被这位品貌端庄、温文尔雅的年轻美女所吸引。

就在与会的人员纷纷向郝总投去羡慕的目光，并赞叹她是女强人时，她却说：“所谓强者，都是含泪奔跑的人。人前显贵，人后受罪，别看我现在光鲜亮丽，然而，艰难的创业历程却很少有人知道。”

20世纪70年代初期，郝荣出生在陕西省陇县的一个山坳坳里。虽然她从小学习成绩很优秀，但最终因家境贫寒而辍学在家务农。瘦弱的肩膀，早早地承担了一份责任。

1997年，一个意外的机会，她被县上一家公司招聘，成了一名有工作的人。可惜好景不长，正当她摩拳擦掌，准备在平凡的岗位上大干一场时，公司破产了。一份干得好好的工作，忽然间说没就没了，犹如晴天霹雳！可郝荣却没有向命运低头，毅然决然地选择自己创业！

当她把自己的想法告诉新婚爱人时，爱人摇摇头：“别折腾了，我养你就是了！”父母也劝她：“一个女人家能干出什么名堂啊，还是安安稳稳过日子吧。”然而，郝荣却不听劝，她下定决心一定要闯出一片天地来。梦想指引方向，努力成就未来。经过一番认真的市场考察，郝荣将创业目光落在了“跑运输”这块具有发展潜力的产业上。但是，“巧妇难为无米之炊”，跑运输，必须有车辆才行！在那个年代，买辆汽车的钱，那真称得上是一笔巨款。郝荣没有畏惧，她四处奔波求人，最终筹集了8万多元，购买了一辆二手“康明斯”货车，正式踏上了艰难的创业之路。

一个恬静文弱的女子驾着辆大货车驰骋在全省各地，郝荣美丽的身影

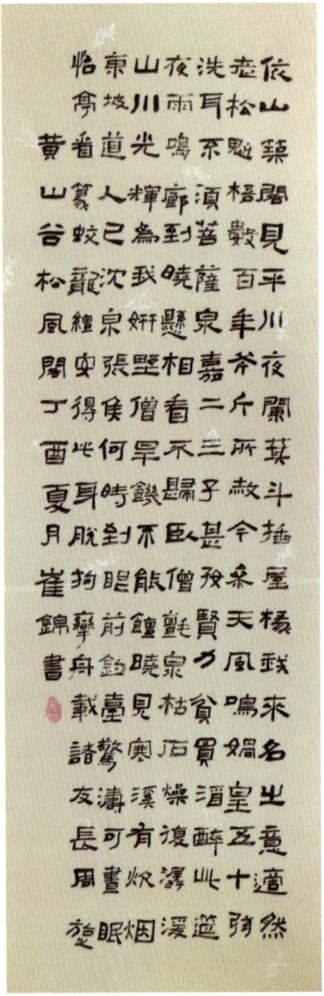

《松风阁诗帖》（隶书）
崔锦　深圳供电局有限公司
二等奖

成了一道靓丽的风景。

然而，就在经营货物运输没几个月，一场重大交通事故让她彻底傻了眼。30 多万的事故赔付款，更是雪上加霜，让一家人陷入了困境。面对巨大的压力和打击，她依然没有退缩，心想：要想取得成功，首先应该做的，是如何战胜自己，突出重围。之后的几年里，她起早贪黑、悉心经营，不仅还清了债务，还积累了一些资金和市场经验。一路摸爬滚打，郝荣又萌生了一个更大的发展念头——成立公司！ 2005 年，经过多方考察和深思熟虑后，她投资 500 万元注册了鸿运物资贸易有限责任公司，主要以煤炭、钢材、水泥等物资销售为主，这在当地算是规模不小的企业了，让人们刮目相看，她也成了小城里的名人。

创业容易守业难。从事物资销售，货物质量检测是最重要的环节。为了能适应市场，她刻苦钻研学习市场营销方面的书籍，在货物质量检测环节中，慎之又慎，唯恐出差错，结合市场特点和实际，废寝忘食，修改完善销售方案。工作中，她以公司为家，饿了啃一块面包，渴了喝一瓶矿泉水，工作到深更半夜是常有的事。

从只有 8 万元的运输个体户发展为拥有 8000 多万元注册资金的公司经营者，郝荣经过 20 年的艰苦磨砺和不懈奋斗，用她柔软的肩膀、坚强的毅力和永不言败的决心，谱写了一曲动人的奋斗者之歌，撑起了一片绚丽多彩的天空。她先后获得全国“双学双比”致富女能手、省“巾帼创业先锋”、市“创业之星”等荣誉称号。站在云端上的她，光彩照人。

每一位成功者，表面是光鲜的、惊艳的，其背后却深藏着难言之苦。正如冰心先生所说:“成功的花，人们只惊羡她现时的明艳！然而当初她的芽儿，浸透了奋斗的泪泉，洒遍了牺牲的血雨。”

欲戴王冠，必受其苦。在这个世界上，每个人都很努力，云端上的美人更是如此。不历经风雨，怎能见彩虹？没有哪一朵花能随随便便开得姹紫嫣红、绚烂夺目。

不哭的苇

芦苇苍苍柔韧如丝，即使心中有泪，也要微笑着生长。

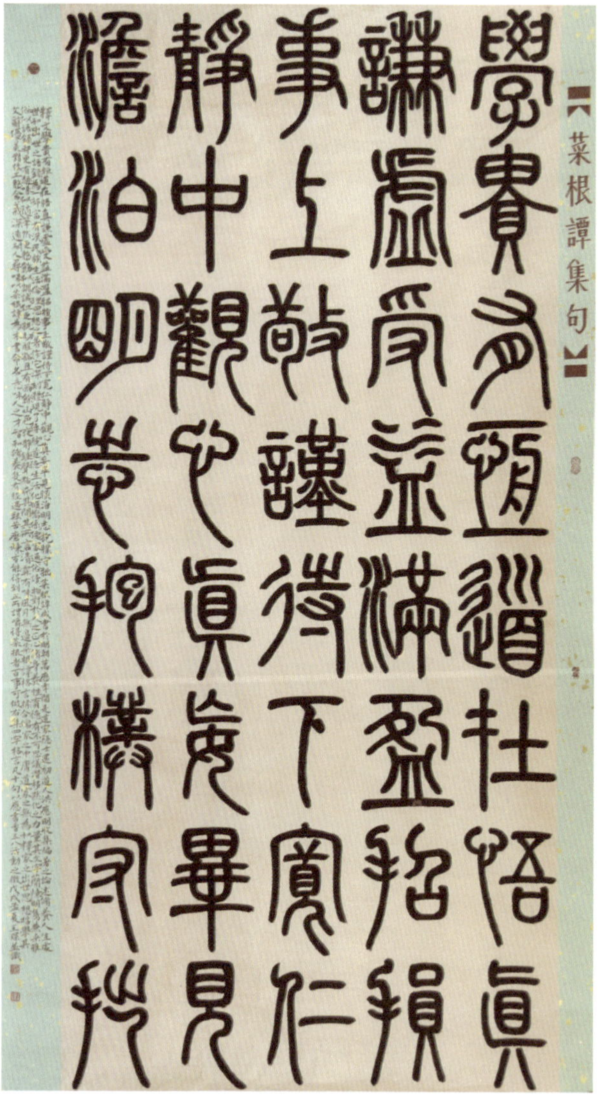

《菜根谭集句》（篆书）

王　琛

青岛国信置业有限公司

一等奖

不哭的苇

■宁雨

在北京大学第六医院的一间诊室里，贾美香教授轻声对王霞说："你儿子患的是自闭症，需要做终身康复训练，而且可能终身不能治愈。"

这句轻声说出的话，对于年轻的内科女医生王霞来说，如同晴天霹雳。2007 年初夏的一天，因为儿子安安的一纸诊断书，完完全全改写了她人生的轨迹。

安安的病，是儿童孤独症，医学上也称自闭症，还有人称之为"精神癌症"。王霞和丈夫都不敢相信这是真的。可随后的一年观察之后，她不得不面对现实。

她决然放下爱得痴狂的工作和事业，去寻找国内最好的儿童孤独症康复机构，陪儿子进行康复训练。夫妻俩分工，丈夫上班挣钱，筹集康复训练的天价开销，王霞只身带孩子出去"寻医问药"。立誓，就算砸锅卖铁，也要给安安治病。

说是"寻医问药"，其实根本没有一家专业的医院收治孤独症儿童。两年时间，王霞带安安先后辗转于郑州、青岛、北京、太原等地。凡是在患儿家长 QQ 群里有口碑的机构，母子俩都去咨询、求助。在几个大城市的市郊，靠近康复培训机构的地方，王霞租房子，购置生活用品，开火做饭，燕子衔泥一样为儿子搭起一个个临时的家。

经过一段时间康复训练和医学干预之后，安安明显进步——眼神不再呆滞，逐渐变得清澈而明亮；爱独自一个人转圈圈的古怪行为不见了，语言功能倒退的情况也得到遏制；开始认字，带他学习的课文，很快就能够顺溜地从头读到尾……这一切，让王霞心间燃起希望的火苗。

《春山读书图》（国画）
袁方丹
东莞农村商业银行东城支行
优秀奖

但这之后，安安的康复训练却再也见不到什么效果。就如同一列刚刚启动，正要驶出山谷的列车，转过一个山角，就毫无商量地停了下来。

难道安安真的再也不能过上正常人的生活？真像北京的教授所说，他在这个世界上，唯一的生活内容就是跟康复机构打交道，终身没有治愈的可能？一个一个问号，让王霞的心如火炙油烹。

但是，王霞不是一个轻易认命的人。她像一棵苇，被命运的风刮倒，却慢慢又站起来，骨骼从此更加坚硬。

作为一名医生，王霞逼迫自己完全站在理性的、科学的层面思考儿童孤独症问题。观察大量小病友和陪护安安的经验，加上查阅资料，她开始非常明晰地意识到：孤独症不是所谓的“精神癌症”，它属于广泛性发育行为障碍，是一种成因复杂、超越传统诊疗疆界的病！是病，就得进行科学有效的治疗，而不能停留于单一的康复训练。

两年时间，四处投奔康复机构，王霞也融入了孤独症儿童家庭这个不幸的群体。家长们普遍面临这样的困境：偌大的中国竟没有治疗儿童孤独症的专门医院和专科医生。眼睁睁看着孩子受罪，大医院没人看，即使有人看也不收治；小医院遍地开花，又怕上当受骗，不敢去看。

向未知的医学难题挑战，是医生的天职！尽管她的眼前没有路，她的力量又是那么单薄，但她不能再把自己混同于一般的患儿家长。她应该站出来，为了安安，也为了跟安安一样的孩子。

2011 年春天，王霞人生之路发生重大转折。她毅然放弃熟悉的内科专业，转而专门研究儿童发育行为问题，向孤独症这个世界医学难题正式宣战。鉴于国内专业的医学救治几乎处于空白的现状，王霞带领的团队成立伊始，就旗帜鲜明地把提高诊断水平和探索多种治疗手段，作为主导方向。白手起家，一切从零开始。2011 年开诊当年，住院病人只有十几个，第二年就增加到四五十个。2014 年，住院人数达 100 多人。这些孩子，有的来自本市，有的来自附近农村，也有的来自外省，最远的一个来自英国，是个华裔儿童。

“家长们是把我当成最后一根救命的稻草啊！可是，我这根纤细如丝的小草，能把他们拽出苦海吗？”

多少次，夜深人静，王霞无眠。她独自走在下班的路上，仰望着天空中孤独的寒星，内心五味杂陈。

自担任孤独症康复中心主任后，王霞不吝时间和金钱的代价，以一个基层医学专家的单薄之力，勇敢而执着地向着儿童孤独症这个人类共同的敌人发起冲击。国内几乎找不到关于孤独症的医学资料，好在国外的相关书籍和论文很多。互联网时代，给王霞提供了学习研究的极大便利。

10 年间，她查阅了大量的国外医学文献，每年自学 20 多种国外著述。她打印、复印的相关资料，包括一半多的英文资料，摞起来有一米高，笔记做了近百本。结合对病人的临床观察、治疗，她再从大量的笔记中抽取精华，梳理为十三四本精要。

如同在数百米高的沙山上挖沙淘金，有价值的金子最后可能只有 1 克重，王霞却不惜为此挖平一座山！她像愚公一样，生命不息，挖山不止。四十出头的王霞，头发已经掉了一半。短短几年间体重增加 15 公斤，面相老了十几岁。但面对那些无助的家庭，王霞开出的第一张处方，不是药品，而是设身处地的关爱。

“唯有爱，是可以治愈心灵伤痛的良方。”王霞对儿子安安如此，对于投奔而来的每一个患儿和家长，亦如此。

追光者

■季纯

娟子是我的初中同学。她长得很美，皮肤白皙，眼睛水灵，一袭棉布碎花长裙穿在她的身上楚楚动人。16 岁的花样年华，本该无忧无虑，可是你听，她在唱一首《末日》的歌：

理想徘徊在十字路口
不知往哪走
信心一路上低着头
数着脚下的石头
……

唱着唱着，她的神情渐渐暗淡，眼含泪花，无助地低下头。我扶着她的肩，用毫无新意的语言安慰她："别难过，哪里就到了末日？道路是曲折的，前途是光明的！"

"光明？光明！"娟子念念有词，若有所思，"谢谢你提醒了我，我知道以后的路该怎么走了，应该追着光走，对不对？"

夕阳下，我俩相视一笑。

也难怪她这么消沉，因为她不得不中断自己的学业，而她又是那么喜欢读书。

熟悉娟子的人都说她是个苦命的孩子。她 3 岁时，母亲去世。上到初一，父亲病故。父亲的离去，对娟子的打击很大。娟子上到初三，她的哥嫂不愿意再供她上学，更不愿意养一个吃闲饭的，便张罗着给她找工作。

不久，娟子参加了招工，成了一家棉纺厂的工人。在工厂，她一边工作，一边利用业余时间学习。周末，只要听到有人轻叩我的门扉，那一定是娟子，她一进门就迫不及待地向我“请教”，都是她积攒了一周的问题。等我大学毕业，娟子也通过自学考试拿到了大专文凭。

20 世纪 90 年代，娟子所在的棉纺厂陷入了困境，最终宣布破产，她被迫下岗了。另谋出路，她很快在公交公司当了一名售票员。这个工作需早晨 5 点多起来往公司赶。这样起早贪黑干了 3 年，她终于干到了尽头。其中的缘由说起来让人心惊肉跳。

那年正月初四，忙碌了一年的人们正沉浸在春节的喜悦中。凌晨 5 点多，天还黑着，娟子照常起来上班。这是一条走了 3 年的路，她每天早晨先是独自走出那片家属区，然后穿过一排平房，最后才能走到大马路上。这天她刚走到这排平房前，突然从黑暗中窜出一个蒙面黑影，用刀架住了她的脖子，小声对她说：“别怕，只要你不出声，我不会伤害你。”娟子被挟持到平房后面的暗处。如果是劫财，娟子也许会遂了他，可这个人的目的是劫色。娟子的思想斗争得很激烈，但她决定要搏一搏。于是她开口和他说话，转移他的注意力，趁他不备，她挣脱了。他哪里会善罢甘休，挥舞着刀子扑向娟子。娟子从地上捡起一块石头砸向他，拉扯厮打的过程中，她的头部受伤了。她心想如果自己喊救命，怕激怒歹徒，急中生智的她于是大声呼喊：“救火了，

《天鹅》（油画）
赵　璐｜江苏省水利科学研究院
优秀奖

着火了，快救火呀！”她这一喊果然很奏效，歹徒跑了。血顺着头部流到她的脸颊上。如果往家跑，怕失血过多，命都没了。她一手捂着头部，很快跑到马路上。恰巧过来一辆车，司机见她满脸是血，使劲朝自己招手，大概明白发生了什么事情，好心的司机停下车，把她送到了医院。

后来她和我说起那天的经历，仍心有余悸。她说以前只在影视作品中看到的场景，竟然发生在自己的身上，仿佛经历了一场噩梦。售票员这个工作说什么也不能再干了。可是，祸不单行。不久，娟子在一次体检中，检查出了乳腺癌，一侧乳房做了切除手术。等我知道这个消息时，已经是一年后了。

《江南秋色》（国画）
孙璐珊｜上海房地产经营有限公司
一等奖

我极力想象着：可怜的娟子被疾病折磨得不知成什么样了？

当我见到了她，让我惊讶的是，她面色红润，和以前比没有太大的变化。娟子反倒宽慰我说："不要紧，是早期，你看我现在已经恢复得很好了。包括心情、心态、饮食、运动，我都进行了很好的调节。医生说，有一个阳光健康的心态，我的病一定能好！"在我的意识里，人人谈癌色变；而望着信心百倍的她，经历了这么多，仍保持微笑，远比我想象得要坚强多了。

休养了两个月，娟子到了一家投资担保公司工作。她工作努力，业绩喜人，一步步从普通职员升到部门经理。那一年娟子开着她的爱车来看我，她的病已经痊愈，整个人的精神状态非常好。正当我为她欣喜，感觉到她的前途不可限量时，厄运又一次降临。总公司的资金链断了，老总跑到了国外。一夜之间，娟子所在的分公司账户被冻结。投资人纷纷前来，堵住了公司大门，有的人甚至指着娟子的鼻子大骂。娟子自己也投入了不少资金，在这一场无法预知的结果里，她也亏得血本无归。

娟子说，没有想到辛辛苦苦打拼了几年，却是竹篮打水一场空；而心里感觉最对不起的是投资人。

我望着她说："你以后怎么办？又要重新开始找工作？或者干脆让你老公养着你？"

娟子说："没事儿，该历练的都历练了。与其说自己变得坦然了，不如说是更坚强了。我不可能在家闲着，我想走另外的路，想独自创业。"

几年以后，娟子给我打电话，邀我到她的庄园做客。我一进入她的生态庄园，便醉了。路的左边是一丛丛鲜花，右边，一排瓷瓦罐一字排开，一朵朵袅袅婷婷的荷花仙子从瓦罐里探出头来，露出甜美的笑脸。几方池塘边，钓鱼的人悠闲地坐在小木椅上，孩子们荡着秋千。不远处是葡萄园、草莓园、菜园、花园……她的庄园集采摘、赏花、餐饮、住宿、休闲观光为一体，每天来这里的人络绎不绝。显然，她在这里找到了自己人生的新坐标。

傍晚的阳光透过云层斜着射下来，已没有最初的炙热。不一会儿，天空中形成了一片美丽的红色云海。娟子拉着我的手，指着天空大声说："快看，火烧云！"

看她还是那么率真，我笑了："纵然历经千帆，归来仍是少年！"

生活之于她，是个复杂的剧本。道路曲曲折折，岁月沉沉浮浮，而她的内心永远亮着一盏明灯。当她决定追着光走的时候，生命中最困难的那一部分已经完成。

爱，在诗意间

许放

每个人生活在世界上，都难免会遇到一些烦恼，或寂寞，或忧郁。保持心态阳光，把日子过成诗，让爱在诗意间流淌，不但要有好的生活态度，还要眼里有风景。

每天走在家乡宽广、整洁的道路上，道路两侧高楼林立，绿化带花草茂盛，体育设施配套齐全；湛蓝的天空点缀着朵朵白云，远处山峦起伏；松树杨树从城市各个街道连接到漫山遍野，到处是翠绿的树木。路边各式各样的野花迎风招展，吸引着蜜蜂蝴蝶纷纷前来追逐嬉戏；路上的行人驻足观看，或欢笑或拍照，情趣十足。蜿蜒的西尔河沿着滴翠园，穿过城市的一角奔向呼玛河。这清澈的河水，飘动着水草，游动着各种各样的鱼，吸引垂钓爱好者，或蹲或坐或站立河岸，尽情地垂钓……

我常常在这份恬淡中感受生活的美好，每当走在林间小路，心情自然放松，呼吸着树木释放的氧气，心中有一种脱离尘世的感觉。

或许是因为生活上的坎坷，或许是疾病上的磨难，总让我有一种忧伤的感觉。10 岁那年，满怀童真的我跌了一跤，就是这一跤，让我的腿再也不能和常人一样走路。现在我依旧拖着沉重的身体，蹒跚走在生活的路上。

那年春天，我正值春花待开的年龄——20 岁，一场无情的疾病，把我按倒在病床上，也就是在那年，我失去了敬爱的父亲。母亲和我相依相伴在医院里度过一年零两个月的与死神抗争的时光。我历经了3次大手术的磨难，医生才把我从死亡的路上拽回来，我内心的忧郁与疼痛无以言表。因为是脊柱发生了病变，我失去了行走的权利，日常生活都是靠母亲打理。望着年迈的母亲满头白发，再看看自己被病折魔得已无青春朝气，想想周围的朋友都在享受生活的美好，不争气的眼泪总是在母亲不在的时候如小溪般汩汩流淌。

有一次，自己实在太伤心了，就不想再吃饭了，我把脸转向临窗的墙面，任母亲怎样呼唤，我都不出声。母亲绕过床边，端着一碗面条，往我嘴里送，那一刻我和母亲都泪如泉涌……母亲说：“人生没有一帆风顺的，至少还有妈妈陪伴在你身边，我都年过半百了，你父亲走了，你还想让白发人送黑发人吗？”我含泪吃了我一生中最香的面条，从此我身上有了生活的希望。我先后做了6次大手术。虽然经历了疾病、贫困，但我热爱生活、热爱生命。尽管这些年

《四季海棠》(水彩画)
郇宝宝
宣城市特殊教育中心
三等奖

生活上遇到许多磨难，我都有战胜磨难的信心，乐观、坚强的性格让我无论遇到多大的困难都没有退缩过。因为我心中有一盏灯，是母亲为我点亮的。

那时，躺在病床上的我，常常用一块小镜子来反射外面的春光：那丁香树上开满了紫花，有小鸟在叽叽喳喳地叫，有蜜蜂在嗡嗡地歌唱，有蝉鸣在弹奏，有病友们在树下聊天赏花。那一年我在绝望中求生，那一年我在同死神赛跑，那一年我扼住了命运的咽喉，那一年我开始读诗写诗。

20 多年后，我出版了自己的诗集《彩虹的那边》，书中用我自己的版画作为插图。我还在各大报纸杂志以及网络上发表诗歌、散文 20 多万字，终于跻身于作家行列，先后被中国诗歌学会、中华诗词学会、黑龙江省作家协会、黑龙江诗词协会吸收为会员。我的一切努力都是诗歌带给我的力量，诗歌是我黑夜里的灯盏！

当旭日冉冉升起，深山里传来鸟鸣，迎着第一缕晨光，我沐浴着花草树木的清香，心情无比畅快。常常沿着栈道拾阶而上，登至望塔楼，攀上楼顶，家乡小城尽收眼底，放眼望去，连绵起伏的群山脚下，坐落着现代化的城市，楼房、平房错落有致；工业园区整齐无比，唯一的铁路干线像一条巨龙伸向远方，加漠高速立交桥横贯东西山脉，桥下一片金黄色的花海，远远望去景色迷人。再看近处的樟子松挺拔苍翠，枝干繁茂，整座山绿意盈盈，释放着氧气，堪称天然氧吧！我在这样的山城里生活栖居，呼吸着清新的空气，还有什么想不开的？还有什么烦恼不能释然？这样的环境，你能不把日子过成诗吗？每天我都临屏写诗，我要把生活的美好写到诗里、留在心间。

人生路上处处有美景。家庭是生活的港湾，事业就是扬起的风帆！爱情是前进的马达，理想才能生根开花！无论工作生活如何，无论人生风雨阳光，端正生活态度，修炼内心的境界，学会坦然、释然，一辈子不长，把握好今天，诗意内心，诗意栖居，眼里有风景，把日子过成诗，爱在诗意间！

《藏族女孩》（油画）
魏玉珍
中国铁路西安局集团公司宝鸡供电段
三等奖

独　舞

■尹慧

D 市少年宫剧场。

霓虹闪烁，七彩的光在舞台上缭绕，激昂的音乐铿锵跌宕，英俊少年以一个新潮的 POSE，定在舞台中央，结束了他的整套舞蹈动作，向观众深揖，完美谢幕。

热烈的掌声四起，持续了大约两分钟。评委纷纷给出了满分。无疑，今天的比赛，冠军非他莫属。

观众席上，一个年轻的母亲一遍遍用纸巾拭泪。

“妈妈不哭。”少年来到她身边，轻轻为她擦去眼角溢出的泪。

“妈妈不哭。”好熟悉的语句！它让年轻的母亲梅子突然想起了 12 年前的那个黄昏。

四月天，阴沉低矮的云层，把海岸边一家办丧事的人的心压得很疼，很疼。

海岛的诊所，院子一隅，僵挺着一具年轻男子的尸体，睁着空洞的双眼，身上 12 处致命刀伤，明晃晃的。马上就要入殓了，他的眼睛任凭别人怎么帮忙也不肯闭合。

他 27 岁的妻子梅子，拉着他 4 岁的儿子跪在他头顶正前方，把泪迹斑斑的脸贴在他那冰冷苍白的脸上和他说话：“冤家，你放心走吧，你欠下的债我一定会替你还上的；不管吃多少苦受多少罪，我也要把儿子养大。”说着，梅子用手轻轻向下抹了抹丈夫的双眼，丈夫的眼皮听话地合上了。

梅子用这番话诠释了悲壮。

“妈妈，不哭。”4 岁的儿子抱着她的大腿，仰着小脸安慰她，更让她泪如泉涌。

梅子一家是外来务工人员，丈夫给一家私营养殖场当队长，因为履行职责与一男子结怨。在一个大雨滂沱的傍晚，男子怀揣七寸长的尖刀来到梅子家里，拔出尖刀向梅子的丈夫猛刺，身中 12 刀的他当场丧命。

梅子在亲朋好友的帮助下，简单地安葬了屈死的丈夫，没有酒也没有菜用以款待亲友。

丈夫的老板没给梅子一分钱补偿。他说，事情不是发生在他的养殖场内，因而与他没有一点儿干系。

梅子父母双亡，嫁给丈夫后，日子过得很紧巴，不仅没有钱，还有 3 万多元的外债。

梅子葬了丈夫就去践行她的诺言——艰难的还债之旅。

梅子在海边赶海，缝笼、括扇贝，带着 4 岁的儿子打零工。早晨顶着星星就出门，晚上黑漆漆才回家。梅子饿着肚子，一角一角地攒着钱，有时一天只吃一顿饭。那饭食再简单不过了，米饭咸菜，而已。

终于有一天，梅子因劳累和饥饿，昏倒在她打短工的船上，一位好心人把梅子送到了医院。醒来后，医生告诉梅子得注意休息，更重要的是得吃饱饭，饿着肚子干活，身体哪能吃得消。

身体恢复好了以后，梅子心想，这么多的债务，靠打零工是还不上的。她思忖着，该找一家养殖场打长工了，因为只有这样，她和儿子的生活才会有保障，才能有希望还上丈夫生前欠的外债。

梅子之所以之前一直打零工，是因为她天生晕船，如果出海，是要整天在船上作业的，每次出海，她都吐得昏天黑地，晕得死去活来。

丈夫在，她有依靠，不用遭那样的罪，但是，现在梅子只有这一条路可以走，上船，打长工。

梅子横下心，带着 4 岁的儿子在船上打了一年工，孩子吃百家饭，自己节衣缩食。在船上，分苗，拽吊，摔笼，她跟男人一样干最重的活，这样才能挣到和别人一样多的钱。秋天结账，一年的工钱除去生活费，还了一半外债。

下一年度结账，梅子皱了 20 多个月的眉头终于舒展开来。

梅子还完了丈夫生前欠下的债务，还剩下 200 多元钱。她用这些钱给儿子买了一套新衣、一双新鞋和一些好吃的，领着儿子来到丈夫的墓前。

儿子好久没有吃到这么好吃的东西了，他高兴得手舞足蹈，像过年一样。

梅子把丈夫的坟墓清扫了一下，便坐在墓前盯着坟头的枯草默默地流泪，她什么也没说，她想说的，在两年前丈夫入殓时已经说过了。梅子流着泪在心里告诉丈夫，外债已还清，你可以安息了。

“妈妈，不哭。”6 岁的儿子懂事地依偎在梅子怀里，把脸紧紧地贴在妈妈脸上，用小手给妈妈擦着不断溢出眼眶的泪。

“好，妈妈不哭！”梅子看着儿子黝黑的大眼睛里流露出的疼惜的眼神，心里热热的。从此，梅子再没有哭过。

《解语花》（风景画）
常　悦｜中国铁路乌鲁木齐局集团公司乌鲁木齐供电段
优秀奖

梅子拼命打工挣钱，节俭过活，一分一分地攒钱，只为让孩子接受良好的教育，过上好一点儿的生活。她在儿子面前展现的，永远是阳光灿烂的模样。孩子如何坚强地面对生活中的坎坷，父母是最好的老师。

今天，儿子终于长大成人，长成了梅子的骄傲，怎能叫梅子不流泪！

自从她的丈夫永远地离开她们母子，12 年的光阴，就在梅子顽强的独舞里匆匆流过，流成了她想要的铿锵乐章。梅子 12 年的辛劳，被儿子牢牢记在心里，他把自己规矩成一个乖巧、懂事、阳光、上进的优秀少年。梅子在苦痛中历练的柔韧与豁达，无声地交付给了儿子，那将是儿子终生取之不尽的财富。

“妈妈，不哭，我得了冠军，您该高兴才对，是不？”儿子轻轻地摇了摇妈妈的手臂，用微微带汗的脸贴了贴梅子的面颊。

坐在观众席上的梅子，飘忽的思绪被儿子唤回到现实中来。“高兴！高兴！要是你爸爸还活着，能看见这一天，该有多好！”

“妈妈，爸爸如果天堂有知，他会非常高兴的。”儿子懂事地说。

“散场了，我们回家吧，妈妈。”儿子把梅子从座椅上扶起，母子随着人流并行走出少年宫大门。

一股凉飕飕的海风吹过，高出梅子一头的儿子在身旁搂紧梅子的双臂，儿子用这个细微的动作告诉梅子，他想成为妈妈挡风的墙。

懂事的他，终将成为妈妈一堵挡风的墙。

远处，海面上，有海鸥在蓝天与碧海间忽上忽下翱翔，欢唱。

梅子的心也随之明媚了。

姑娘，莫哭

■喻贵南

“亲爱的，快来吧！那死婆娘走了，下午我们就去领结婚证，哈哈！”月美左手拖着皮箱，右手牵着女儿，双脚还没跨出家门，后面就传来前夫夏军打电话的声音，电话是打给那个叫凤的情人，凤比月美小 5 岁，离过婚。

夏军那最得意、最开心的笑声，月美听后，面无表情。哀莫大于心死。此时的月美，心里只有后悔，后悔自己离开得太迟了。

堂姐曾警告月美，说：“婚前就动手打自己恋人的男人，哪怕仅仅打过一次，女人也不要嫁。女人娶回家是宠的，不是打的。打女人的男人很可能有家暴倾向，如果你不怕受虐待，那就勇敢地嫁吧！”

堂姐的警告，一语成谶。月美当初不顾亲友的劝阻，义无反顾地背井离乡，跟认识半年多的网恋对象夏军结了婚。婚前，虽然他只打过月美一次，但婚后，月美挨打竟成了家常便饭。月美想离婚，却因有儿子和女儿，她割舍不下朝夕相处的母子情，怕孩子受委屈。

在痛苦与矛盾中，月美就这样一天天在痛苦中煎熬。她多么期望夏军有一天能良心发现，改掉他这坏脾气。谁知改来改去，改了 7 年多，夏军是越改越暴力，落在月美身上的拳脚一次比一次多，一次比一次重。到后来，夏军不仅打人，还拈花惹草，常常夜不归宿。儿子和女儿跟她一样，在他面前就像猫眼皮子底下的老鼠，日子过得胆战心惊。因为他不仅打她，还打孩子。

月美变得越来越沉默，而夏军越来越嚣张。有一天，夏军竟然将情人领

《瑞雪兆丰年》(国画)
苗 萍
晋城煤业集团
山西金驹煤电化股份有限公司
三等奖

回了家。就在那一天，月美下了决心，平静地对夏军说：“我们离婚吧！”夏军的回答挑衅中带着霸道：“好啊！房子、车子、票子、儿子全归我，你带上女儿，滚吧！”

这一回，月美再没纠结，真就如了夏军的心愿，只带上女儿，离开了那生活了7年多的魔窟。在离家前的晚上，月美对6岁多的儿子一再叮嘱，要听爸爸的话，要听老师的话，不要跟别人打架，每天要洗澡……儿子在她的唠叨声里，进入了梦乡。月美心痛如割，捂紧嘴巴哭得浑身无力……

月美回到娘家，娘家已没了娘。娘在她出嫁后的第四个年头就离世了，家里只剩下老父亲和一个老实巴交的单身弟弟。

进了家门，月美对父亲说：“我离婚了，女儿归我抚养。”父亲一脸的错愕和震惊。月美说：“以前回家，你们看到我身上青一块紫一块的伤痕，其实并不是我不小心磕的碰的，而是夏军打的。”月美撸起衣袖和裤腿给父亲看，微笑着安慰心痛不已的父亲：“这种日子已经结束了，您放心，女儿以后再也不会被打了。”她还说：“娘去世得早，我没能尽孝。以后，我会好好照顾您和弟弟的。”

回到娘家的月美，不仅包揽了所有的家务活，还田里地里山里到处忙碌，男人能干的活她都能干。她每天忙忙碌碌，一刻也不得闲。因为只有忙碌，她才不会思念与自己分离的儿子。

可是，年幼的女儿总会不时地问上一句：“妈妈，我想哥哥了，哥哥哪天能来看我呀？”这话就像针一样扎入月美的心，疼痛难忍，她只能忍泪安慰女儿：“快了，哥哥快来看你了。”

有一天，6 岁的儿子竟然一个人坐车，从一个城市来到另一个城市乡下的外婆家。因为父亲打了他，而且他非常想念妈妈和妹妹。月美抱着儿子笑得落泪。多棒的儿子啊！那么小，竟然敢独自坐车来外婆家，100 多公里的路，他居然没走错！

儿子后来被他父亲接回去了。临走前，当着月美的面，儿子又被他父亲暴打了一顿。儿子离开的那一刻，内心悲痛的月美发誓要活出个人样来，要让孩子、父亲和弟弟将来过上好日子，享受美好的生活，感受亲情的温暖。

月美开始想办法挣钱。没有多少本钱，她就从摆地摊开始，在离娘家不远的镇上摆地摊。后来发现做早餐比较赚钱，她又在路边撑一把遮阳伞，每日 4 点起床，去街边卖玉米棒子、熟鸡蛋和油饼等。月美下午睡一觉，晚上再去摆地摊卖小商品，常常晚上十一二点才回家。

一段时间的积攒，有了一点儿积蓄后，月美又跟亲友借了一些钱，租了一个小门店专门做早餐，卖炒河粉、烫米粉还有熟鸡蛋之类。由于月美经营得好，小店生意越来越红火。她善于听取顾客的意见，如果顾客说哪样东西味道不够好，她就积极改进；如果顾客说哪个店的更好吃，她一定会去买来尝一下，取长补短。因生意好，她一个人忙不过来，父亲和弟弟便来店里帮忙。

后来月美的早餐店扩大了经营范围，请了专业的早点师傅，早点的种类增加了，味道也越来越好了。随着生意的兴隆，她先后开了五家分店。有了钱以后，她又投资做酒店生意，生意越做越大。离婚6年后的今天，月美摇身一变成了长沙市五家早餐店、两家酒店的董事长。月美的弟弟也因月美的扶持，找到了如意的姑娘结了婚。

这期间，夏军跟那个叫凤的女人结了婚又离了婚。他几次请求月美，希望破镜重圆，月美都果断拒绝了。夏军从单位下岗后，越混越不景气，儿子的学费及生活费都是月美支付的。夏军后来索性向月美提出，将儿子的抚养权转给她，只是要求月美给他一大笔钱，月美满足了他的要求。她跟朋友说：“花点儿钱无所谓，钱是人挣的。孩子跟我生活，能有一个好一点儿的生活环境，让他拥有阳光心态，自立自强，爱己及人，不受他爸不良性格的影响。”

月美心善，当遇到无事可做或离异后生活无出路的女人时，她都会收留她们来店里打工。当这些女人向她诉说人生不幸和挫折时，她会给她们讲她小时候的故事：“有一回，我摔倒了，膝盖流了血，就坐在地上哇哇大哭。邻居大婶跟我说：‘姑娘，莫哭！泪水止不了血，也治不了伤，只有找到药，才能疗伤啊！’”

是的，受了伤，哭是没用的。坚强起来，微笑面对一切，这样才是止血和疗伤的良方。

别后不相思

■姜皓雪

认识你是在北方黄叶满地的秋天。那天天空显得格外高远，你猝不及防地站在我面前，紧张却又不乏温柔地问我是否来自蜀地。我惊诧地望着陌生的你，点了点头。你的声音里饱含异地逢乡亲的激动，但脸上却依然平和如初。看着阳光透过梧桐叶间的缝隙落在你白皙的面颊上，我笑了。

大学毕业后，我没找到合适的工作，也没回故乡。凭着对绘画的热爱，我在一家小花店旁摆了个画人像的摊子。我于晨光熹微时将画架与椅子置好，于日薄西山时将工具收拢。人流如织的街区里，我日复一日地描摹着世间男女老少的面孔。他们的一颦一笑、一嗔一怒都融在了我的画像里。当然，也包括你。

那天，微弱的橘黄色路灯像是照不尽路的那头，我沉默地走在你身旁，苇草随着风与我的裙摆摩挲着。突然，你撩起了我的长发，轻轻地吻了我的额头。你的唇是那么冰冷，似乎那个吻能透过我的肌肤，直入心脏，使得浑身的血液像是停止了流动。我满心慌乱地感激着上苍对我的眷顾，欣喜着你那句“我定为磐石”的誓言，并心底暗自以苇草自许。我以为我们的爱情从此天荒地老。

独在异乡，身为异客，我是孤独的。但我从未向你提起过我的孤独。你是金融精英，工作的繁忙程度让我这个流浪街头的自由人自愧不如。于是总是我主动联系你，还时常担心着自己会不会在下一刻被你遗忘。我期盼你的注意就如同期待糖果的孩子，眼里心里都是割舍不下的情意。我明白你没有时间陪我，所以在那间窄小的出租屋里我画了无数张的你，有微笑的、沉默的、发怒的、严肃的……在每一张画像的右下角，我都会画一枝柔韧的苇。你说你是无转移的磐石，我便做韧如丝的苇草。我选择了爱你，就要接纳你的生活，理解你的不易。

秦观说，两情若是长久时，又岂在朝朝暮暮？我或许不应该相信诗词里的鬼话，正如不能相信元稹的那句“除却巫山不是云”的假话。最终你还是离开了我，就如同你来的时候那么的突然。你说，我们生活差距太大，心灵得不到契合。这话听得我只想冷笑，分开的借口你找得太轻松，而我早已从你决绝的眼神中看到了别人的影子。

你曾说你会如磐石一般坚固，不会动摇对我的爱，怎么转眼间就如同沙砾漫天飘散了？我深深地爱着你，为了你，我甚至迷失了自己。你说我应该找份稳定的工作，于是我割舍下自由，选择了鸟笼似的办公室。你说喜欢短发女生的明朗，随后我落下了自幼蓄下的长发。我跟随着你的步伐，以为前面将是花团锦簇，没想到却是一片荒芜。你严谨，你聪慧，你卓尔不群，我与你格格不入，你当然要去追寻你的灵魂伴侣。

听说你的新女友是你单位领导的女儿，与你还是同事。原来你们才是天造地设的一对，而我不过是过眼云烟。我发疯地嫉妒你们的爱情，自伤自怜着自己的渺小卑微。失恋的滋味就如同锥子深深扎进了我的胸口，疼痛得难以呼吸。我坐在出租屋里的小床上，翻看着一年来和你的聊天记录，迟迟不肯删去。那段时间我总是彻夜难眠，以至于我形容枯槁。要不是那天无意处理旧画稿时发现了你的笔迹，我估计我这辈子都不会清醒。

不知何时，你在我的画稿上留了“凌霄花”3个字。顿时，我明白了你为何先前对我的画嗤之以鼻，为何要让我去找份与画无关的工作，最后又为何离我而去。我不够优秀，无法像木棉与你肩并肩地站在一起。

是，我没有优渥的家境，也没有过人的天赋，但我也绝不允许自己被人低看。我不是依附于人的藤蔓，你终将会为你的离去而遗憾。我烧掉了屋子里关于你的画像。那一张张虚伪的面孔让我觉得自己万分可笑。擦干眼泪，我重新拾起画笔。擦掉过去的记忆是痛苦的，但痛苦却予人清醒。所幸，专注是缓解疼痛的最好方式，我将满腹的伤痛都凝聚在笔尖，将其化作灿烂的红橙黄绿青蓝紫。

我又开始上街为人画像了。除了以前的画架桌椅，我还准备了茶水。如果画客能留下来陪我聊两句天，我便少

《山清水秀》（国画）
杨开莉
延长石油（集团）有限责任公司
炼化公司榆林炼油厂
二等奖

收取些绘画报酬。从此，我画中人没有了只是端坐的无趣神态，画有了故事，便也有了灵魂。而每一副画像下，我都会画一枝形态各异的苇草。既然我曾经能对你如苇草般坚韧地爱着，那么对于现在的生活我也可以一样。“野火烧不尽，春风吹又生。”倔强的苇草不会服输，也不会气馁。越是艰苦，便更要生根发芽。你瞧不上攀缘的凌霄花，可我从不是它。幸好只有一年的时光浪费在了你的身上，不至于让我荒废掉更多的青春年华。短暂的相处，我明白了好的爱情不是委曲求全，而是相互成全。

前些天，你独自参观我的画展。你心无旁骛地端详着，脸上还挂着一丝微笑。我本想如陌生人般与你擦肩而过，不过你转头却看见了我。你诧异地看着我，我无奈地向你问好，但你似乎没有听见。你尴尬地笑着说，这是你第三次参观我的画展了。我点了点头，声音极细微地说：“既然来了，我赠幅画予你。”你转过身望着那幅《女子执苇图》沉默了片刻。

你问我，别后是否相思？

我笑着说，既然告别，便不再相思。

七彩的虹

当阳光照射到雨后半空的水滴，便生成虹。水滴越明净，彩虹越美丽。

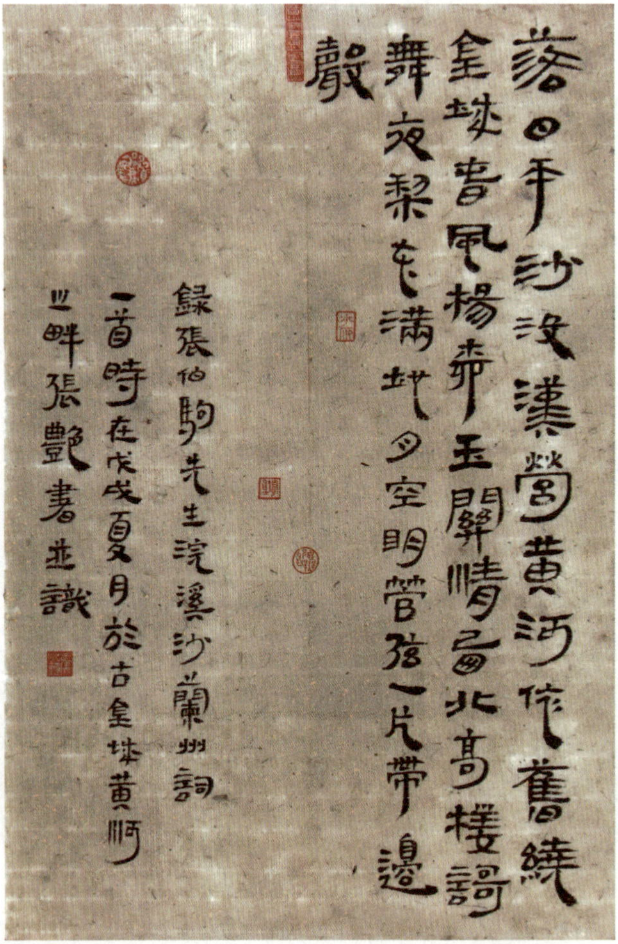

《张伯驹词(浣溪沙 · 兰州)》(汉简)
张　艳
国网甘肃省电力公司信息通信公司
二等奖

寻找爱的出口

■李子燕

纪云玲的家，在“鸡鸣闻三国、花开香三邻”的东北边陲小镇上，大山宽厚的胸怀赋予她慈爱的秉性，金色的红旗河水滋润着她圣洁的心灵。

从事特殊教育13年，她从孩子们渴求的目光中，深切地体会到：身在缤纷世界，却无法尽情感受美好生活的无奈。在她的眼中，孩子们就是“快乐天使”；她渴望带着人们走进校园，了解一下她的孩子们；帮这些“快乐天使”找到快乐，再讲出快乐心声。

2002年毕业时，纪云玲刚满20岁，青春靓丽。初次走进特教学校，感到这里的孩子和普通孩子没有什么差别，也如新芽一般娇嫩，如花朵一般美丽，如小鹿一般活泼，如天使一般可爱。当真正地走近这群孩子们后，她才体会到背后的不同。当时班级情况很糟，很多孩子自理能力比较差，有的不能独立用餐，有的不能独立去厕所，不会用厕纸擦拭，甚至有的还经常拉尿裤子等。一个刚刚参加工作的小姑娘，一开始自然是有些无奈。纪云玲之前学习的是聋专业，接触的都是听障的孩子，可如今见到智力障碍这么严重的孩子，确实有些不知所措。

纪云玲曾沮丧过，也抱怨过，因为选择特教实属无奈。1998年毕业，考了604分的纪云玲，却左右为难，想到自己窘迫的家境：父母都没有正式工作，比她小两岁的弟弟也在读书。按当时的家庭状况，根本供不起两个孩子上学。左思右想，纪云玲决定报考特师，因为特师免学费，这样可以减轻父母的压力。

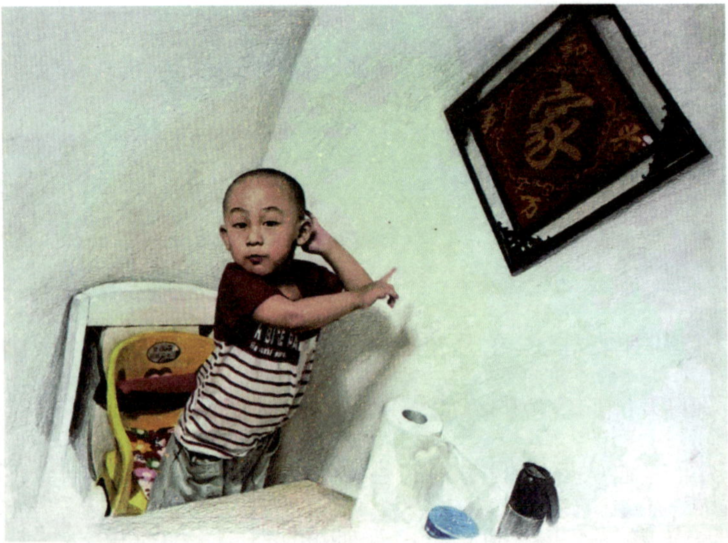

《话家风系列之家风传承》（彩铅画）
谢 倩｜中国银行保险监督管理委员会北海监管分局
三等奖

“老师，老师，有人拉裤子了，臭死了，臭死了……”突然，孩子们的吵嚷声，打断了纪云玲的思绪，同学们纷纷指着班里的一个男生，然后捂着鼻子往教室外面跑。而那名男同学今年13岁，个头高高的，在班里年龄偏大且智力偏弱，很多事情无法自理。

见此情景，纪云玲脑子嗡嗡直响，一时双腿僵在那里，不知如何处理？脏和臭的问题，早在特师实习的时候，就遇到过并解决过，她当班主任前，也有思想准备了。令她为难的是，刚刚走出校门，尚未谈婚论嫁，面对这样一个生理发育正常的男孩子要为他脱裤清理卫生，听起来简单，做起来实在是不好意思啊！

怎么办？那个男同学杵在那里，眼巴巴地望着纪云玲，那种无助的眼神看得她一阵心疼。迟疑片刻后，她脑子里最先想到的是孩子不及时换裤子，时间长了该多难受。如果自己是孩子的父母，一定不会顾忌孩子的性别，是吧？那么作为一名老师，又何尝不是孩子的家长呢？只要把他们当成自己的孩子，真心实意做他们的“妈妈”，那自然不必顾忌太多。想到这儿，纪云玲二话不说，赶紧领那个孩子去换洗衣物。

在特教学校，像这样的事情不胜枚举，也让纪云玲很快进入“当妈”的角色。

日复一日，人们更多时候看到的是纪云玲特师的角色，而她却常常觉得自己愧对女儿。女儿年纪尚小，还不太理解妈妈的工作，因此常会有一些小抱怨。比如说，纪云玲经常把教案带回家，自然没有时间陪女儿玩，女儿就会向爸爸告状：“妈妈又不陪我玩了，她天天写呀写呀，不陪我玩！”或者偶尔说一些赌气的话，抱怨她不是好妈妈。每每这时，纪云玲的心里真不是个滋味。于是她调整了时间表，先陪女儿做会儿游戏，然后把她哄睡了，这才接着熬夜写教案，多数时候都要到深夜，才能上床休息。

纪云玲也无数次下定决心：白天把教案都做完，回家后就可以多陪女儿了。可是第二天到了学校，又不自觉地把时间放在照顾孩子的生活上，课间和午休的时候也要照顾孩子们。但有时，女儿也会表扬她一下，比如：每当电视台“一周要闻”开播时，女儿就会准时守在电视机前，指着电视右下角的手语翻译，骄傲地说：“我妈妈上电视了！”能成为孩子心中的骄傲，让纪云玲倍感欣慰。

她知道有一天，女儿一定会理解她，跟她一样：把爱的阳光播进残障儿童的心灵，寻找一个爱的出口，撑起一道七彩的虹！

农家阿姐锦绣梦

■宋庆莲

如果你来到这里，一定会很惊讶。

这里是湘西古丈县城红星小区的石板街，大概有1000多米长。两边是古色古香的古建筑，有画庄、绣庄、茶庄、酒庄……一排排高高的飞檐翘起来，像鹰飞翔的翅膀，仿佛是要把这条石板街上生长起来的无论是朴素的还是华丽的梦想都带上蓝天，并把这条石板街上不为多数人知的故事向天空讲述。

阿姐的“农家女画庄”“农家女素绣”就在这条石板街上。

阿姐的画庄、绣庄亦如阿姐的绣心，饱含着朴素的情怀，而她的灵魂却是光彩照人的。看那一幅幅画作，用朴素清新的线条笔墨描述着家乡的炊烟、稻田、篱笆、村舍、吊脚楼、磨坊、碾槽以及父老乡亲生活的画面和劳动的场景，真实、鲜活而温暖。她用灵魂里的异想天开来绘就一个农家女爱的情愫和思想的光辉。

阿姐名叫王良玉。走进农家女画庄，惊讶之后，是亲切、是熟悉、是感动、是温馨……

阿姐无疑是一个漂亮聪慧的湘西女子，而陈列在眼前的一幅幅画，一方方素绣，作品中那熟悉的场景，那鲜活的画面，灵动地为我讲述着勤劳的湘西人追求美好生活的愿望。一件件手工织绣的民族服装、围巾、旗袍、绣花布鞋……每一件精心创作的作品，向我展示着家乡的山水情缘，家乡人们对美好生活的憧憬以及对梦想的追寻。

阿姐出生在湘西古丈县山枣乡一个偏僻的苗家山寨，她从小就跟着母亲和奶奶学绣花、学画画。笔下五彩缤纷的颜色和五颜六色的丝线常常让她痴迷于一朵花、一只蝴蝶、一片云彩……儿童时代的她除了画画和绣花，还非常喜欢读书。可是，13 岁的阿姐读初中时，因为家庭贫困而中断了学业，离开校园。骨子里有着坚忍不屈性格的阿姐，却始终没有丢掉画笔，没有丢掉绣花针。家里穷，买不起画笔、画纸，这没有关系，乡村山野到处都有树枝、竹棍等，树枝、竹棍当画笔，土地当画纸，用树枝在地上画。指头当画笔，石头、桌面当画纸，用指头蘸水在石头、板凳桌面上画。有时用半截铅笔，在糖果纸上画。有的时候，也可以举着指头在空气里画。只要心里想画画，随时随地都可以画，无笔无纸也能画。

阿姐曾和我说：“为什么要丢掉呢？这么美的东西。记得小时候，奶奶有一次拿起一块绣好的花手帕，惊喜地说，玉儿，你看，多美呀！这是多么美的东西呀！这么美好的东西，为什么要丢掉呢！奶奶守一辈子，没有丢；母亲守一辈子，没有丢；我也要守一辈子，不能丢！”

扪心自问，我们不知道丢掉了多少老祖宗留下来的宝贝？或多或少，我也充当过败家子。听到这里，深深触动了我的灵魂。阿姐接下的话虽然不是什么豪言壮语，但直击我的心灵深处。

阿姐说：“作为家乡的子孙儿女，我们不仅要守住老祖宗留下来的美，还要把这种美传承下去，要发扬和传播，要和更多的人来分享美……”也许，正是因为阿姐有着这样的情怀和胸襟、梦想和抱负，才有了她今天的成就和她画里画外的精彩生活，穿针引线的传奇人生。

阿姐有一组素绣，是她的代表习作——《我的农家四宝》。这一组素绣，我微笑着看、含着泪看，非常喜欢，真想把它捧在手心里。篱笆，磨坊，碾槽，犁耙水响，孩子，舂米……每一组画面，都会把我带上回家的路，把我带向春天，带向童年。特别是那幅《舂米》的画面，让我不由得想起我抱棍推磨和背石舂米的童年生活……小时候，10岁左右的我因个子不够石磨高，只好攀抱石磨上的木棍柄推磨玉米，因重量不够就用背篓背着石头加重重量来舂米。看着田野和谷朵，湘西人民收割谷子的画面，不由得让我想起童年里的那个秋天，高悬的太阳照耀着层层梯田，听见打谷子的声音，仿佛穿越时空飘荡而来……阿姐的画总是把我带向童年那温馨美好的回忆里，带回故乡真真切切农家生活的梦境里……

阿姐生在农村，长在农村。她画山野，她绣山花。她白天干农活，在松枝燃亮的夜晚画画、绣花。直到她长成像花一样漂亮温柔的姑娘，带着她的画纸和绣花针出嫁。阿姐嫁在农村，直到2001年，阿姐因为孩子的教育问题，带着两个女儿从乡下搬到县城，做了一位陪读妈妈。当时，婆婆生活在乡下，阿姐的老公在信用联社上班，靠他一人的工资养活全家5口人，迫于生活的压力，阿姐一边陪读，照顾孩子的饮食起居和上学，一边还得找点儿零工做，以补贴家用。阿姐在县城的小街小巷转悠了几天，却没有找到一份适合自己的工作。各行各业的个体老板，他们都不需要一天只能做几个小时的零工，而且，在孩子放学的时间，还得提前下班，天下哪有这等好事！后来，阿姐只能蜗居在昏暗狭小的出租房里画画，把画好的画拿到县城的桥头摆地摊，想卖画赚几个小钱。她还去酒店推销自己的画作，然而，却没有卖掉一幅作品。

阿姐不甘心，又在县城离出租房近的地方租了一个10多平方米的门面，卖书卖画，最终，两个月后关门大吉。无奈，只好夜间再到桥头摆地摊卖画卖书，收入微小，仍然不见起色。熬到2005年1月，阿姐画画痴心不改，在本县城红星小区石板街租了一个38平方米的门面，白手起家开办了“农家女画庄”，为了节省生活开销，这间小小的门面既是画庄又是住房，这里，便是阿姐梦想开始的地方。

然而，正当阿姐向着梦想奔跑的时候，大女儿得了病，四处求医。迫于生活的重压，阿姐不得不白天暂且搁下画笔，画庄关门。她去扫街，去扫公厕，去包食堂……然而，无论阿姐白天干活有多累，一天忙碌下来，即使腰酸背痛，等到孩子们都睡着了，她也要在宁静的夜晚画一会儿画，她把画当着消解疲劳的法子，因为，只要她一拿起画笔，画着画着，她就会忘记时间，忘记疲劳。她的心中就会涌动着希望，涌动着设想未来的幸福……

阿姐历经命运的多舛和生活的磨砺，凭着一份对绘画和刺绣的执着与挚爱，凭着心中固守的对美的追求和对传统文化的传承，守一辈子也不能丢的那种心中执念，阿姐的画在方圆百里小有名气。清华大学美术学院资深教授梁任生到湘西古丈旅游考察，专程来到了阿姐的“农家女画庄”，梁教授看了阿姐的画，激动地说：“一个农家女全凭刻苦自学画出这么好的作品，真是难得呀！”梁教授

《绣娘》（工笔画）
李建丽
中国铁路太原局集团公司
原平车务段
优秀奖

对阿姐的作品给予了高度的赞扬和评价，并鼓励她多画农村新风俗画。

阿姐的农家女画庄，取得一些成果的时候，阿姐不忘感恩，不忘初心，美好的东西要和大家分享。一个人画画可以养活一个人，如果，一个人画，多人来绣，把画作变成绣品，那不就可以养活更多的人。于是，她决定暂且搁下画笔，办绣庄，让心中的画变成绣品，让更多的人参与进来。我为阿姐放弃绘画天赋和才能感到可惜，阿姐的回答更是让我惊讶！惊讶之后就只有感动！我惊讶于一个初中都没有念完的农家女子，却有着如此美好的胸襟和情怀。她的心中不仅仅只装着家乡的山山水水、花鸟虫鸣，还装着家乡的父老乡亲、兄弟姐妹和留守孩子。

《花样年华》（彩铅画）
付　思
中国铁道科学研究院集团有限公司
电子计算技术研究所
优秀奖

阿姐说因为自己有过陪读的经历，看到很多留守在家上学的孩子，没有父母的陪伴，有些留守的孩子很听话很独立，自己能够管理好自己。有一部分留守的孩子却经常逃课，有的误入歧途，有的留恋在网吧……阿姐说每当看到这些孩子，每当想起这些孩子就心疼，心疼的时候就想为他们做点儿什么。办绣庄，就可以让更多的姐妹拿货回家绣，绣好再送来，这样就可以帮到留守的孩子和老人。阿姐说如果只是为自己一个人而活着，在街上擦皮鞋也能生活下去。开发苗绣，就是能让在外面打工的姐妹回家一起创业，让留守在家的老人有人照顾，让留守儿童有母亲的陪伴，让老人和孩子有一个温馨的家。

为了带动身边的姐妹共同致富，阿姐是那种想干就干的女子，她坚强而且有魄力。她省吃俭用，一双鞋子补了又补。她把近些年来卖画所得40多万元全部投入进去，还欠了一屁股的债，在古丈县红星小区又租了一间30平方米的店铺，在丈夫和一家人的鼓励支持下，带着兄弟姐妹创办了绣庄。挂牌为“农家女素绣”，注册了“农家女素绣有限公司”。

公司起起落落，经过几年的探索和打拼，阿姐和她的一群姐妹们走出了人生的低谷。为了基地的生存和发展，阿姐几年来采取苗绣基地加农户参与的形式，培训了一批又一批留守妇女就业。目前，阿姐的“农家女素绣”成为古丈县唯一从事湘西传统手工苗族刺绣、苗族素绣技艺的传习基地，注册资金200多万元。王良玉当选为古丈县第七届、第八届政协委员，被湘西州人民政府命名为州级非物质文化遗产项目《湘西苗绣》代表性传承人。

阿姐说在发扬传统的基础上更需要注入新的艺术血液、新的艺术思想和新的艺术灵魂。那针尖笔下驰骋的想象力，大胆创新，使作品古朴典雅而又洋溢着清新灵动的乡愁之美。

阿姐的画为你描述着真实的生活和美好的情怀，是一直生长在我泪水中的亮晶晶的乡愁，质朴又温馨，灵动又让人沉醉……她不仅画出了美好生活，同时，也绣出了七彩人生。

陌上茶花

■宁雨

那天，一个陌生的邀请发来。发邀者名苦茶，邀我到她的苦丁茶舍去看“雨”。我去了，先看到她的头像：阡陌之上，一袭蓝印花旗袍的清丽女子。点开最新一篇博文《微笑着看雨》，细细读来，却被一场时疏时骤的心雨淋湿了眼睛。从此成了茶舍的常客。

苦茶小的时候，她居住的山村还很贫困。少年时，正赶上“小中专”热得烫手。所以，冰雪聪明的好学生苦茶，小小年纪便走出大山去读让多少人眼热的“小中专”。而这一次走出，竟奠定了她 19 岁就执教鞭的苦乐人生路。

好姑娘苦茶很快遇到她生命中的另一半，一个刚强善良的北方汉子、一个率性天真起来像头小犟驴的男孩。于是，她很早就结婚生女，过上男工女师的烟火日子。

青年苦茶，书教得好，小日子过得更是有滋有味。“住的是石头房，饮的是山泉水；窗下的大缸里种着荷，住所外边的园里种着葱，自给自足，像隐居在安静的世外。”然而，“隐居”的安静随着一场调动而波澜骤起。中年苦茶的职业由教学生变成教老师，家也迁移到喧闹的小城边上。丈夫，应该就是那个当年以一枚纯银戒指跟她定情的小伙子吧，突然在企业改制中辞职了，他义无反顾到山乡包了山场二次创业。从此，苦茶的心分成了好几瓣，一瓣是山里的丈夫，一瓣是高考独木桥上的女儿，一瓣是父母公婆，一瓣是工作，最后那小小的一瓣，才属于她自己。

但再怎么累，再怎么苦，苦茶也在坚持经营着她心爱的文学，不离不弃。

这些文字，多半写她的烟火岁月。是她和一帮女同事一起刷完教师进修学校的墙壁、整理好院落、打叠好桌椅，和丈夫一起忙完山里养殖场的猪、鸡，给女儿做完一餐品色俱佳的营养餐，帮暑假培训班讲完一天课，或者因为什么呕了气、掉了泪之后，伴着窗外夜幕上调皮的星星，和着从窗子里闯入房间的强悍的风声写的。字里行间，尽是当代草根生活的苦辣酸甜，甚至有蘸着泪水的低诉、吟咏。读她，我们仿佛是在读另一个自己。

苦茶的文字非常美，灵动，细腻。我曾经跟她说：“苦茶，你就是为文字而生的。”

你看这篇《春如线》：“这个周末，窗外响着琐屑的雨声……我在手里择着一把韭菜，一边听着音箱里的京剧唱段，好多复杂的滋味，曾在心头上沉积，这时候都散了，曲曲折折融化在那些抑扬有致的曲调里。”看这《阳光洒满廊檐》：“也是阳光朗照的一个星期日，我吭哧吭哧，来来回回，把院子里的砂石往外搬，一边走着，一边想象，将来，房子建好，住进来了，在那廊檐下，走过来走过去，多好！晴天，有阳光普照，是摸得着天色的阳台；雨天，有细雨霏霏，有雨巷里幽寂的浪漫。想着想着，就微笑了。”

苦茶是在自言自语，但我分明透过这些文字与她相见。对面那个女子啊，那个前世被诗心诗情浸透的女子啊，是上苍安排你生活在这平凡而时有点苦涩的人间。因了你的存在，平凡为我们绽放成幸福的蓝鸢尾，苦涩为我们放飞满世界飘飞的月光。

但苦茶却总说，她“迈不出自己”。也指写作，也指生活。有时候，她甚至怀疑，写作于她是不是一种奢侈。这种文字，读来总令我心疼。这是怎样的一种内心挣扎和苦楚！我不知道自己该如何安慰他，其实任何的安慰都是那么苍白而无力。换一个角度看，如果不是这样一个生活路径，这样一个特定的角色安排，世界上还会有苦茶这么一种气质独特的文本书写吗？

我感觉，苦茶经营她心爱的文字，更像经营一个自酿葡萄酒的庄园。苦茶自己，是庄园的果农、庄主，也是那个多情的酿酒师。她要亲自为葡萄施肥、打杈、拿虫、疏果，她要关注葡萄的长势，要盯着市场行情，最末一件事，是为自己酿造一盏最醇最美的葡萄红酒。

苦茶其实一直在试图“迈出自己”，她的努力在生活层面，也在写作层面。这一两年，她写了很多自己以外、小家庭以外、小圈子以外的“自己”，让我看到做晚会主持的苦茶、学唱京剧的苦茶、担纲县城重大活动解说的苦茶，还有东跑西颠挖掘地方历史文化的苦茶。一个作家视阈的变化，必然带来文本表达的变化。这变化，反映在苦茶文字里，是担当、悲悯、责任和更深沉的大爱。

前几天，我在苦茶朋友圈里，读到她所在的城市要举行旅游发展大会的消息。身为县政协常委的苦茶，以文学的方式，担当起一方旅游文化大使的重担，从策划文案到宣传攻略，都由一脉茶香濡染而成。她抒写家乡的一篇篇美文，飞出邢台，飞出河北，如陌上开花，飞天成虹。

苦茶，真是一株了不起的女儿茶，一株在生活的风刀霜剑中坦然开花结子的女人茶。

像火车般如诗前行

■沈燕

时光重现，绿皮的火车吐着滚滚的白烟一路向前奔驰着。那年的冬天特别冷，火车上的广播响了起来，陈静美那悦耳动听的声音从每节车厢的喇叭里传出来，宛转悠扬，旅客们看着窗外，顿时感到心情愉悦起来。

休息时，陈静美拿着自己的水杯出来喝水，已经连续播了两个小时的广播，她的嗓子像着了火般难受。可当她打开门时，一位男士正站在播音室门口，愁眉不展，像在焦急地等待着什么。当看到陈静美出来时，他笑了，笑容憨厚，透着真诚。男人对着一身蓝色铁路制服的陈静美由衷地赞美道："你的声音太好听了。"陈静美礼貌地笑了笑，答道："谢谢！"

她早已习惯这样的赞美，每次上班时总会有旅客特意跑到广播室来看看。他们想知道广播里如百灵鸟般的播音员到底长什么样？可今天这位旅客向陈静美说起了自己的故事。

男人的妻子身患重症，几次想要轻生，被男人死死地扯了回来。他带着妻子坐火车到处求医，当希望一个一个破灭时，妻子心灰意冷的样子让男人心如刀绞，他真不知道怎么劝慰绝望的妻子，也不知道怎么面对今后的路。

面对这位陷入困境的男人，善良的陈静美想自己怎样做才能帮助这对可怜的夫妻呢？她灵机一动，赶紧找来张海迪《轮椅的梦》和杰克·伦敦《热爱生命》，趴在小桌子上为这对被疾病困扰的夫妻编写播音词。

陈静美富有磁性，抑扬顿挫的声音从列车广播里传出来。专门以珍爱生命为主题，特别为这对夫妻做的列车专题广播把大家都感动得热泪盈眶，那位妻子脸上露出了久违的笑容。看到妻子重拾生活的勇气，丈夫感激地紧紧握住陈静美的手，连连道谢。车厢里的乘客掌声雷动，纷纷称赞列车广播节目的贴心暖人。陈静美笑了，从这以后她经常在列车的广播里分享经典诗文，读给旅客们听，由她朗诵的诗歌如清泉般流淌在车厢里。

陈静美爱播音，爱用播音朗诵诗文。她刚参加铁路工作时，被安排在餐车上端盘子，身材娇小的她推着沉重的餐车穿梭在车厢里，每天累得筋疲力尽。可超强的工作量没有让她放弃自己喜爱的事情。只要空闲下来，她就跟着列车广播员练播音。

刚开始，陈静美连边音、鼻音都分不清，她专门到图书馆翻阅大量相关的专业书来学习，并将绕口令做成小卡片放在身边，一有空就拿出来练习。为练语感，她找磁带跟着朗诵、复述……她特别崇拜邱岳峰、李梓、丁建华等配音演员的配音，那个年代买不到诗集，她就用手抄。厚厚的几大本手抄本，密密麻麻地抄满了中外名家的诗歌。

在奔驰的列车上，陈静美忙完了一天的工作，拖着疲惫的身体，工友回到宿营车倒头就睡，可她却捧着手抄本，借着车厢连接处昏暗的灯光轻声地诵读。热爱是最好的老师，那一刻，她觉得自己是世界上最幸福的人。有诗相伴的日子，工作的辛劳一扫而光。工作时会偶尔碰到演艺界人士乘火车，陈静美会抓住时机向老师们请教，虚心学习。

功夫不负有心人。陈静美用业余时间学习考上了广播员，她对朗诵艺术的热爱是发自心底的喜欢。从小在南方长大的陈静美说普通话比较困难，边音、鼻音和平翘舌音根本分不清楚。可她不怕苦不怕难，坐在公交车上，她也揣着本新华字典，一遍又一遍地练习，有时练着练着坐过了站都不知道。

为了提高播音水平，陈静美考取了南京经济广播电台的半点新闻播报员。她为了兼顾工作和学习，上班时出车，下了车就直奔广播电台。那时候，陈静美有一半的时间都是在广播电台里度过的。她怀揣着对播音的狂热，咬牙给自己打气。

1995 年，陈静美考上了著名语言艺术家查曼若老师的配音培训班，系统地学习影视配音，后来又多次参与了查老师导演的多部中外影视剧的配音工作。陈静美每晚 7 点进棚，一遍一遍地配音，有时要熬到凌晨才收工。夜深人静，陈静美骑着自行车，风一般驶过大半个南京城。寂寥的街巷，看不到一个行人，只有天上的月光照着这个坚持梦想的女人，把她的影子拉得很长很长。

陈静美每每回忆起那段当“棚虫”的日子，她觉得自己苦并快乐着。那时的陈

《乡间小站》（彩铅画）
谢　琪
中国铁路成都局集团公司
成都车辆段
优秀奖

静美词典中只有热爱，没有害怕和倦怠。

走上单位领导岗位的陈静美，时间越来越不够用了。爱好广泛的她喜欢写字、画画、摄影，除了热爱着朗诵播音，她还经常组织单位朗诵爱好者去参加江苏省朗协和电台举办的公益演出，为脑瘫的女孩圆了当诗人的梦。

2015 年 6 月 16 日，中国铁路第二届“火车诗会”专题创作在 Z158 次列车举行了。这是由陈静美精心组织和策划的“泰哈十年行 · 火车诗会”。江苏省朗诵协会秘书长、江苏教育台新闻主播傅国和多名朗诵都在泰哈火车上给旅客们捧上了一道诗歌的“盛宴”，引起共鸣，反响很好。旅美诗人远帆老师还从美国专程飞回来，抵达“火车诗会”现场参加诗会。这场别开生面的火车诗会盛况空前，中央电视台、黑龙江电视台、新华社江苏分社、新华网、人民网等大型主流媒体都进行了宣传报道。

朗诵让陈静美的生活光彩照人，五色炫丽；诗歌陪伴着她向善、向美，始终保有阳光般的心。

“火车诗会”上陈静美注视着一位位在火车上深情朗诵诗的旅客们，在一张张的笑脸中，她仿佛看到那对多年前被疾病困扰的夫妇，他们也在旅客中，笑容是那么甜、那么美……

金色的复兴号向前飞驰，载着一车的欢声笑语，满满诗意的青春，激情飞扬地驶向又一个春天。

“神仙奶奶”的花样年华

■季纯

年过八旬的老奶奶应该是什么状态？拄着拐杖？颤颤巍巍？一副风烛残年的模样？这只是我们惯常的认识。你看，这位奶奶88岁，满头银发，身材良好，气质绝佳。她涂口红、穿高跟鞋、着泳装，依旧活力十足，笑容甜美。十几年来，她拍摄了400多部广告。在杂志封面、电视荧屏中常常能看到她靓丽的身影。88岁高龄，她依然做着少女们梦想的模特职业。她就是被称为“神仙奶奶”的盛瑞玲。

盛瑞玲是我的网易博客好友。我认识她的时候她已经81岁了。我亲切地称呼她盛阿姨。前些年，网易博客异常火热，我经常会在盛阿姨的博客里欣赏她的照片和博文。让我惊叹的是，无论什么样的衣服穿在盛阿姨的身上都没有丝毫的违和感，包括小姑娘穿的运动装，不管色彩多么艳丽，盛阿姨都能驾驭得了。她和年轻人在一起合照，优雅从容的气质不输任何人。我偶尔会在她的博客里评论或者留言，盛阿姨每次都会在第一时间回复。不仅仅如此，盛阿姨有时还会回访，对我的照片或是博文发表评论。这让我更加敬佩，心里暖暖的。

当你老了，头发白了，睡意昏沉。

当你老了，走不动了，炉火旁打盹……

这首2016年的热歌《当你老了》，改编自爱尔兰诗人叶芝诗歌，随着赵照的歌声传遍大江南北，似乎这便是人老了后最合宜的模样。然而盛阿姨却没有时间在炉火边打盹，她甚至没有时间老去。她要健身、学习、拍广告、坐飞机旅游，忙得不亦乐乎。

“当我老了，就老成盛阿姨的模样。”博友们无不感慨。她几乎成了众多人心目中的榜样。

其实，岁月从来没有轻饶美人。你绝对想不到在这之前她遭遇了什么。

彼时，青春貌美的她，毅然决然地放弃了北京舒适的工作，和丈夫一道去支援建设西藏。4500米的高原地区，她有长达12年的“马背行医”生涯。有一次，因为马受惊，她被重重地摔在地上。摔成了严重的脑震荡，昏迷不醒。之后，她又得了白内障，还伴有甲亢。退休后她和丈夫回到北京，本以为能颐养天年，谁知又遭遇严重车祸，腰椎压缩性骨折，盛阿姨不得不卧床休养。

此时，她的儿女终于有机会好好伺候她。于是骨头汤、鸡鸭鱼肉一番大补，加之她长久不运动，导致营养过剩。3个月后，她能下地走路了。身高一米五八的盛阿姨，体重却由96斤猛增到126斤。熟悉盛阿姨的人都亲切地称呼她“胖阿姨”。这一胖就是8年。在这个过程中，盛阿姨的血压升高了，糖尿病也凑热闹缠上了她。她到医院看病，医生给她开的药方只有四个字：回家减肥！

“回家减肥！”真是一语惊醒梦中人。盛阿姨难为情地低下了头。是啊，曾几何时，自己也是一名医务人员。这些道理本该比一般人更懂，如今，体内堆积的脂肪、不良生活方式却让她疾病缠身。那一天，她暗暗下定决心：减肥，一定要减肥！

说到做到，盛阿姨一门心思都在减肥上，凡是能上的项目几乎都上了：

跳舞、跳绳、舞剑、打太极拳。最初的 3 个月过去了，望着电子秤上的体重仍不见明显变化，盛阿姨陷入了深深的苦恼和绝望中。孝顺的儿子看到妈妈眉头紧锁，便让妈妈帮忙给杂志社送稿，这样跑来跑去既能锻炼身体，又能走出去散散心，岂不是两全其美！

这是盛阿姨退休后最忙碌的一个月，也是她最充实的一个月。盛阿姨不是忙着去送稿，就是走在送稿回来的路上。跑来跑去一个月，没想到她的体重居然降了 18 斤多。这是多大的惊喜啊，真是有心栽花花不开，无心插柳柳成荫啊！后来她索性连公交车也不坐了，挺胸、收腹、抬头，迈开大步朝前走！

盛阿姨瘦了，体重降到 100 斤以下。一检查，身体的各项指标正常，笑容洋溢在她的脸上。在 2006 年北京朝阳区举办的迎奥运“寻找最美的笑脸”活动中，盛阿姨夺得了第一名。从此，盛阿姨带着她那张“最美的笑脸”，成了许多公益广告的当红模特。

当大家夸赞她的身材如少女般婀娜，惊叹于她形象和气质的转变，纷纷争抢她做自家的模特时，她始终没有忘记，自己曾经是一位“胖阿姨”。她时时告诫自己：最好的医生是自己，最好的药物是时间，最好的心情是宁静，最好的运动是步行。70 岁以后，她不仅科学有效地管理着自己的身材，成为一名健身达人。她还以开放的心态，主动学习各种新鲜事物：学化妆，学拍照，学舞蹈，练瑜伽，发微信，刷微博，看时尚杂志。年轻人喜欢的她一样也不落下。盛阿姨坚信，把学习当成一种习惯时，大脑就不会迟钝了。“做个会学习的老小孩”，是盛阿姨经常挂在嘴边的话。

2015 年，85 岁的盛阿姨被中央电视台导演组选中“参演抗战胜利 70 周年主题公益广告”《长城谣》的拍摄。盛阿姨从凌晨 4 点起床，4 点 30 分她

《故乡的春》（水粉画）
杨　雯 | 贵州惠水农商银行
优秀奖

已经登上长城参加现场拍摄，加之棚拍，至晚上 6 点多才拍完她的全部镜头，等回到家时已经是晚上 8 点了。盛阿姨却未叫一声苦；相反，她认为能被选中拍此公益广告是快乐的，是她这一生的骄傲。有一次拍一个宣传片，她从早上一直拍到凌晨两三点钟。很多公益广告都是免费的。博友都很心疼她，劝盛阿姨注意身体，不要太累。盛阿姨却说："我有一腔热情，我愿意展现自己，展现中国老年人的风采。我觉得这样的生活更有意义。"

2017 年，在央视"中华情"节目中，以"87 岁'神仙奶奶'的美丽人生"为题，对盛阿姨做了专访。当穿着粉色蕾丝裙的盛阿姨笑意盈盈走着猫步出场的那一刻，惊艳了观众更惊艳了世界。她说，自己每天要走至少 6000 步，虽然年纪大了，但心依然年轻。最后，她深情演唱了一曲《小城故事》，感动了所有的人。

优秀的人自带光芒，盛阿姨就是这样的人。盛阿姨像意气风发的年轻人一般与时间一同赛跑。她的笑容依旧自信美丽，沉淀着走过沧桑岁月的云淡风轻。时间染白了她的华发，却夺不走她的优雅和时尚。也许 50 岁的你还在担心自己会变老，而 80 多岁的她仍风华正茂。

只问耕耘“三不停”

■喻贵南

“郑佩玲，三不停，手脚不停嘴不停。”小时候的郑佩玲，不管哪个亲人见了她，都会用这句话来逗她。

因为找东西时，她一边匆匆忙忙地在屋里转个不停，还会一边不停地念叨：“郑佩玲的书包呢？郑佩玲的书包呢？不是放在这儿的吗？谁动了郑佩玲的书包？郑佩玲的书包放哪了？谁拿了郑佩玲的书包？”满屋子的人，常常被她惹得哈哈大笑，不得不帮着她找。

N 年以后，在通往湖南省宁乡市人民医院的途中，上下班时，人们不时会被一个年轻的女孩所吸引，不只因为她身材姣好、长相俏丽，也不只因为她走路像一阵风，还有她那风一样刮过时从嘴里偶尔蹦出的念叨声，又轻又快。念叨什么呢？比如：一套缝合包里有 6 把止血钳、2 个小拉钩、2 把剪刀、2 把组织钳、1 把持针器、1 个弯盘、1 把齿镊、2 个指示卡……诸如此类的内容。

有时，跟她同行的女孩，会扯一下她的衣角，提醒她：“人家以为你是神经病呢！别念了！”她却回瞪一眼，“这有什么呀？”

“你可是白衣天使啊？”

“我知道啊，我不正在提醒自己嘛！”她调皮地笑笑说。

这个走路偶尔念经的女孩，就是在宁乡市人民医院手术室实习时的郑佩玲，已经是手术室护士的她，依然是儿时的“三不停”。

没做手术时，科室里每天都有她忙碌的身影，不是快手快脚的整理东西，便是跟同事们讨论有关手术的相关问题。她们的科室，在医院6S管理考评中年年获嘉奖。大家都说，因为她们有个勤快的“三不停”。

作为医院的手术室护士，必须白天晚上的长期倒班。参与的手术，每天至少两三台，有时四五台。手术室里常常有这样一副场景：

时针指向下午1点多了，三号手术室，手术已经进行了4个多小时，医生和护士们仍在紧张地忙碌着，饥饿的感觉并没有影响到大家与死神抢夺生命的激情。主刀医生不用抬头，也无须开口，下一秒所需的器械，立马会被护士送到了手中，彼此之间，动作默契而又娴熟，如行云流水。

而这之中，有一位护士就是“三不停”。她会记住主刀医生每场手术的一举一动，什么手术是什么步骤，什么步骤需要什么器械，什么时候护士应该做什么、应该注意些什么，等等。因为她勤看、勤问、勤记、勤动手、勤动脑，在同期实习的护士里，她进步的速度最快。

就这样，爱岗敬业的她，在手术室一待就是12个春秋。12年里，她从没出过任何差错。就这样白班晚班的，工作了12个春秋。由于工作认真、勤恳，她年年被评为“优秀护士”。

因为她工作严谨认真以及“三不停”风格，12年以后，她升职成了宁乡市人民医院消毒供应中心的护士长。

“刘护士，刚才清洗过的手术器械，你都得拿去重新清洗一遍，一定要清洗得干干净净，不能有一丁点儿污渍。瞧这把手术剪刀，上面还有绿豆大的血渍，看到没？不要只冲洗这把剪刀，所有刚洗过的器械都得重新清洗。工作一定要严格要求自己，精益求精，不能有半点儿马虎与懈怠，因为这是医院……”这是“三不停”护士长在连珠炮似的指导护士工作。

同事们都说，“三不停”护士长心地善良，平时对人很热心，乐于助人。可是谁若在工作上犯了错误，她却六亲不认，该罚的罚，决不心慈手软。

郑护士长经常对护士们说：“我也想心慈手软，可那样做是对患者生命的不负责任！”

正是因为她的严格要求和全体护士们的共同努力，消毒供应中心在医院 6S 管理评比中荣获一等奖。当你走进宁乡市人民医院消毒供应中心办公室，那里给人的感觉永远是有条不紊，纤尘不染。而那个只问耕耘“三不停”的护士长，也正在那“三不停”呢！

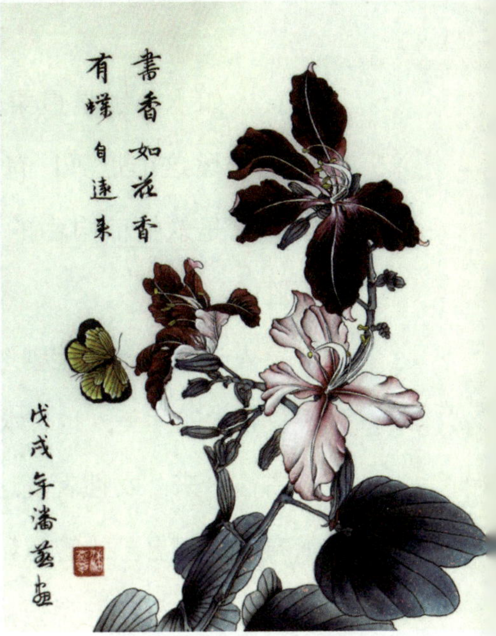

《书香如花香》（国画）
潘　燕
江苏省无锡市仓下中学
优秀奖

如水的女人更出彩

■杨泉珍

女人如水，水是最柔弱的，无棱无角，无形无状。但水能以柔克刚，执着地雕琢这个世界！有时，它是浩瀚而深邃的大海，它胸怀博大宽广；有时，它是欢快而自由的瀑布，飞流直下，飞珠溅玉，化身为一潭碧水，美不胜收！

女人是水，是晶莹剔透的露珠，是浩瀚的大海，是自由飞溅的瀑布，她们不仅有水的柔美，也有水的阳刚！

古往今来，女性就是这样，看似柔弱的外表下都有一颗坚强的心。她们默默奉献，用自己的智慧和行动向社会证明自身的价值。回望历史，有多少伟大的女性值得我们骄傲和讴歌，她们的名字如同璀璨的繁星，永远闪烁着圣洁的光辉；她们的卓越贡献如同点燃希望的灯塔，永远激励着我们为实现自己的人生理想而奋斗不息。

在湖南省石门县人民医院，不知有多少白衣天使在平凡的岗位上谱写着不平凡的故事，妇产科主任刘洁就是其中一位。作为一名妇产科主任，刘洁始终奋战在临床第一线。她严格要求自己，刻苦钻研，努力提升自己的业务能力。工作中处处以身作则，每天提前 30 分钟上班，头脑中根本就没有节假日这个概念，只要科室有急事，不管白天还是晚上，不论是刮风还是下雨，都会随叫随到。

《安小家方能治大家》（国画）
王宇卉　马铭帷
中国水利水电第七工程局有限公司城市轨道交通工程分公司
优秀奖

记得那是去年冬天的一个下午，刘洁疲惫不堪地走下手术台准备下班，这时，电话铃声骤然响起——一位处于休克状态的宫外孕大出血患者正在转入我院途中！电话就是命令！接完电话刘洁二话未说，立即安排各项抢救预案，此刻的她完全忘记了劳累，忘记了饥饿。下午 4 点 50 分，患者进院，意识丧失，四肢湿冷，血压都已无法测出，情况十分危急！刘主任不由分说冲上前协助患者家属将患者抬上手术台。由于患者已处于休克状态，大小便失禁，弄得衣服床单到处都是，手术室里臭气熏天，她全然不顾，亲自为患者擦洗，清理污秽，做好一切抢救手术准备。尽管患者家属还未交医疗费，但时间就是生命，刘主任果断地和全体医护人员一道全力以赴实施抢救……晚上 7 点，刘主任和她的战友们终于抢在死神的前面将患者从死亡边缘拉回，她们喜极而泣。此刻，刘主任的手机铃声早已不绝于耳，面对家人焦急地等待和儿子急切地呼唤，她依然原地待命，密切关注患者的一切。晚上8点，患者的各项生命体征已渐趋平稳，她还是没有离开病房，继续指导交代后续治疗、护理工作，反复叮嘱要认真、细致地照顾好患者，严密监测生命体征。直到晚上10点多钟，她才拖着疲惫的身躯在寒冷的夜风中踏上回家的路。而家里正上初中的儿子已经趴在桌上睡着了，手脚冰凉，作业本也湿了，可怜的儿子在焦急地等待中不知哭了多长时间。这样的情况对于长年以科室为家的刘主任来说早已习以为常了。多年以来，她几乎把全部的精力和爱心都给了患者，都给了她一生钟爱的医疗事业，留给家人的却是深深的内疚与歉意。

作为一名医务工作者，刘洁不仅具有精湛的医疗技术和无私的奉献精神，对待患者还拥有一颗关爱同情之心。在日常的诊疗中，她不仅密切关注患者身体上的变化，还以女性特有的细心和耐心，从生活上无微不至地关心他们，对他们嘘寒问暖，关怀备至。“春风化雨，润物无声”，刘洁正是以这种最诚挚的爱换来了患者们的健康与信任！凭着对刘主任的这份高度信任，慕名找她分娩的产妇不计其数，他们当中送钱送物的不乏其人，但都被她一一回绝了。20多年来，她坚持做到“给钱不要，给物不收，请吃不到”，始终保持一个人民医生应有的品德，自觉维护“白衣天使”的美好形象。

在石门县人民医院这个大家庭里，还有着无数个像刘洁一样的优秀女医护人员。她们如水一样的柔美而坚韧，以饱满的热情爱岗敬业，以蓬勃的青春描绘各自的人生蓝图，她们用并不厚实的双肩扛起了救死扶伤的责任和使命……

在历史飞速发展的今天，在日新月异、万象更新的新时代，女人，这些如水的女人，她们和男人一样，在不同的工作岗位上，美丽绽放，人生出彩！

莫菲阿姨的花样老年

■姜华

认识莫菲阿姨已经很多年了，年纪小的时候，只知道莫阿姨长得漂亮，还听爸妈说过莫阿姨工作能力很强，长大了才知道莫阿姨的心灵更美。

我30岁那年，听妈妈说莫阿姨退休了。身边很多工作能力强的女性一到退休之后，就失去了人生的方向，迷茫得不知何去何从，再加上更年期的折磨，再漂亮的女性也都失去了原本的模样。我爸爸一直是莫阿姨的粉丝，总是在家里夸奖莫阿姨，说莫阿姨退休以后更是活出自我了。我妈妈听着心里不是滋味也不好多说什么，谁让她是莫阿姨的闺密呢！

自从我去外地上大学，又回到北京读研究生，多年来只在我的婚礼上见过莫阿姨一面，那时她还没有退休。之后，我很少见到莫阿姨，可总能从爸妈嘴里听说到她。

今年国庆长假期间，莫阿姨邀请我们全家去她家吃饭，她要亲自下厨招待我们全家。现如今，请朋友吃饭到饭店去摆一桌是家常便饭，只有最好的朋友才会请到家里去，自己亲自下厨做饭。

好几年不见，莫阿姨风采依旧，花白的头发烫成大卷，脸上仅有的几根细纹被浅浅的淡妆遮盖了，不仔细看根本看不出来。身上穿的是合体的休闲服，浅色的米灰搭配，衬托出莫阿姨独特的气质。莫阿姨的厨艺好，还是爸爸偷偷告诉我的。莫阿姨退休后跟着电视上的厨艺节目学习，边学习边练习，每日精练厨艺，现在练得不是大厨胜似大厨了。

这次聚会，莫阿姨做的红烧牛腩、醋熘鱼片、琵琶虾、干烧鸡翅、鸡片三白汤、花色时蔬……色香味俱全，太好吃了！我像个不懂事的孩子，使劲地吃啊吃，把自己都吃撑了。莫阿姨做饭很讲究，连炒菜的油都是自己亲自调配好的，三分之二的花生油，不到三分之一的橄榄油，再加一点儿亚麻籽油。莫阿姨说："这样调配出的油，炒菜最好吃，也是最有营养的。"

饭后喝茶的时候，莫阿姨说："做饭是个人生活的乐趣，也是一门艺术，整个操作的过程让人心情愉快。每当看到自己做的饭菜被人喜爱，感觉很有成就感。"我爸说："我们家老吕什么时候能有你这种做饭的境界就好了。"我妈狠狠地瞪了他一眼。我妈做饭的水平，只有我和我爸知道，和莫阿姨比起来，真是天壤之别啊！

李伯伯说："你家吕司长位高权重啊！"

"再位高权重，退休了不还是一普通老百姓。这不，年底就退了啊！"我妈有些失落地说。

"退了再学也不晚。"李伯伯说。

莫阿姨自告奋勇要教我妈妈学做饭，妈妈说："我哪有你那灵气劲儿！做可口的饭菜可不是一时半时的功夫。"

莫阿姨说："只要愿意学习，比你当司长容易多了。"我妈笑着给了莫阿姨一拳。

莫阿姨家的各种设施齐全，光厨房的厨具就有许多种，深锅、浅锅、压力锅……光五光十色的调料瓶就摆了满满一柜子。莫阿姨做饭的时候，特别像是一个交响乐团的指挥，在指挥着那些锅碗瓢盆奏出美妙的乐章。

莫阿姨的家装修得简单大气，让人感觉很舒服。客厅的角落里，摆放着有设计感的茶案，精美的茶具，冒着香气的热茶，我们围坐在一起喝茶聊天。喝完茶，我爸爸建议大家唱会儿歌，我爸爸的歌还是唱得很棒的。打开音响，我们开始玩起了卡拉 OK。我爸先唱了两首俄罗斯歌曲，《三套车》是爸爸最拿手的歌曲，赢得了大家热烈的掌声。李伯伯唱歌也很棒，接着是莫阿姨唱，她又把自己唱成了主角，她说退休后在社区新学了美声唱法，让大家听听她唱得怎么样。一曲《我像雪花天上来》，把我们大家震了一圈。太好听了！这美声唱得太有范儿了！我们一齐为她鼓掌，为她喝彩！我唱了一首流行歌曲，我爸很不屑地说："这歌没有什么艺术含量。"最后轮到了我妈，我妈说她什么歌都不会唱，大家都鼓励她唱，她还是没有开口唱。等我们每个人又都唱了一首歌以后，为了不让大家扫兴，我妈只好唱了一首少儿歌曲《我爱北京天安门》。莫阿姨唱的第二支歌是京歌《梨花颂》，唱得字正腔圆，韵味十足。我们都为莫阿姨超强的学习能力点赞！我爸在回家的路上说："吕司长，你回家真得好好练练歌了。"我妈沉默着，没有说一句话。

我妈眼看着就要退休了，自己也有意地放慢了工作节奏。周末的时候，我妈建议请莫阿姨一家去京郊的翡翠山庄去度假。一切准备停当，我们两家人就一起上路了。

李伯伯家的车是莫阿姨开的，李伯伯的眼睛动过一次手术以后，开车就不方便了。只要是出门，全是莫阿姨开车。

翡翠山庄有一个很大的湖，晚秋的阳光下，湖水清澈见底，两岸的枫树被秋霜染得通红。早晨还是有点儿凉意，到了中午，阳光给了人足够的温暖。我们两家人一起在湖边游玩，我爸和李伯伯坐在湖边，边垂钓边聊天，我和先生带着孩子在草地上玩耍，我妈和莫阿姨边散步边聊天。她们在大学是同班同学，毕业以后又一起留在了北京工作，她俩是无话不谈的好朋友。

我妈有莫阿姨这样的闺密真好！尽管几十年的官场生涯让妈妈变得呆板无趣，但有莫阿姨这样的朋友在身边，我想，她一定会成为一个像莫阿姨那样生动而有趣的人！

我喜欢莫阿姨这样的人！她的美不仅仅是外表，更是灵魂的高妙，因为她把学习新知识和技能当成了她生命中最重要的事情，并把它坚持下去！

每一个人都有衰老的那一天，老年的到来并不可怕，可怕的是没有了前行的动力，可怕的是没有了自己的精神世界，可怕的是自己没有一套抗衡衰老的办法！

人的一生该如何度过？莫阿姨做了我最好的榜样！